***Sarah Barukh** est née en 1983. Elle a travaillé dans la production audiovisuelle, a écrit pour la télévision et la radio avant de se consacrer à l'écriture. Elle a publié son premier roman,* Elle voulait juste marcher tout droit *(prix Lions Club et MJLF 2017) en 2017.*

Envole-moi

Du même auteur

Elle voulait juste marcher tout droit, éditions Albin Michel, 2017

Le Cas zéro, éditions Albin Michel, 2018

Puisque le soleil brille encore, éditions Calmann-Lévy, 2021

MON POCHE
14 avenue des Droits de l'Homme – 45000 Orléans

Sarah Barukh

Envole-moi

MonPoche

À Lalah et Arthur

Minuit se lève en haut des tours
Les voix se taisent et tout devient aveugle et sourd
La nuit camoufle pour quelques heures
La zone sale et les épaves et la laideur
J'ai pas choisi de naître ici
Entre l'ignorance et la violence et l'ennui
J'm'en sortirai, j'me le promets
Et s'il le faut, j'emploierai des moyens légaux
Envole-moi, envole-moi, envole-moi
Loin de cette fatalité qui colle à ma peau
Envole-moi, envole-moi
Remplis ma tête d'autres horizons, d'autres mots
Envole-moi

« Envole-moi »,
Jean-Jacques GOLDMAN,
album *Positif*

1.

Ce matin-là, je m'étais réveillée avec une douleur dans le bas du ventre. Une douleur que j'avais aussitôt reconnue. Ma quatrième FIV était en train de rater.

J'étais descendue à la plage. La saison venait de commencer, ce n'était pas le moment de flancher. Mais j'étais dévastée. J'avais enfilé ma tenue blanche, m'étais remis un peu de rouge à lèvres sans me regarder dans un miroir, impossible de me faire face, et j'avais attaqué cette journée. Attaquer, c'était vraiment le mot. Chaque geste me coûtait. Quand les clients s'adressaient à moi, je ne les comprenais pas. Le monde était passé en sourdine.

Mes mauvaises pensées m'envahissaient de nouveau : ma vie ne servait à rien, je n'étais que déception, je ne serais jamais comme les autres dans ce que ça avait d'agréable, j'étais celle que l'on regarde avec pitié et que l'on fuit de peur que le malheur soit contagieux. Une liste longue comme le bras que je connaissais par cœur. Des années que je la ressassais.

Mon téléphone sonna et je sursautai comme si une bombe venait d'exploser à quelques mètres.

Sur l'écran : Marie. Marie ? Pourquoi m'appelait-elle après dix ans sans nouvelles ?

— Anaïs ? me demanda-t-elle quand enfin, je décrochai.

— Oui…, hésitai-je.

— J'avais peur que tu aies changé de numéro.

— Non.

— Je sais pas comment te dire ça. Mais j'ai besoin de toi.

Je souris. S'il y avait bien une chose dont je ne me sentais pas capable à ce moment-là, c'était d'aider quelqu'un.

— Écoute, je suis au travail, là…

— C'est ma mère, m'interrompit-elle. Elle est morte.

Silence.

— J'aimerais que tu viennes demain à la cérémonie que j'organise en son honneur. Je sais que tu vis à Nice, mais sans toi, ce ne serait pas pareil.

Sous le choc, je me figeai. Brigitte nous avait quittés. Quand ? Comment ? Les questions m'assaillaient mais je n'osais en poser aucune. À présent, Marie était seule au monde. Ou presque. Je ne savais plus quoi faire. Accepter ? Et après ?

Trois coups à la porte.

— Anaïs, on vous demande à l'accueil, un problème de transat.

C'était Brahim, le responsable des garçons de plage. Je lui fis signe de m'attendre quelques secondes.

— Marie, faut que je raccroche, une urgence.

— Anaïs, c'est vraiment important.

Je raccrochai sans la laisser finir. Je n'étais pas prête à affronter mes souvenirs. Brigitte, morte. Marie au bout du fil. C'était trop d'un coup. Les relents de cette époque n'allaient pas encore gâcher une journée déjà chargée.

— J'arrive, Brahim.

— Ça va, madame ?

— Bien sûr, pourquoi ?

— Vos lèvres, elles sont toutes bleues.

Mes mains étaient glacées aussi.

— C'est rien. Alors, explique-moi.

Des Russes désordonnaient les rangées de transats, empêchant les autres clients de circuler. Malgré l'heure matinale, ils en étaient déjà à six bouteilles de vin blanc et ne seraient pas faciles à raisonner. Mon portable sonna. Marie me rappelait. Je soupirai.

— Vous répondez pas, madame ?

— Non, allons-y.

Je dus m'arrêter au milieu de l'escalier. Mon ventre tirait trop.

— Madame, je veux pas insister, mais vous n'avez vraiment pas l'air bien.

— Ne t'inquiète pas Brahim, merci.

J'avais du mal à ne plus penser au passé. Ou peut-être était-ce un prétexte pour oublier ma douleur et ce qu'elle signifiait.

2.

TOUT AVAIT COMMENCÉ le 10 septembre 1987. J'allais avoir huit ans et la rentrée avait eu lieu une semaine plus tôt. Comme chaque année, ma mère avait recouvert mes livres, étiqueté mon matériel scolaire. La veille de la reprise des cours, elle avait repassé mes vêtements avant de les étaler au pied de mon lit. Le premier jour d'école était très important pour elle.

En plein cours de mathématiques, la directrice était entrée accompagnée d'une fille de notre âge.

— Je vous présente Marie, elle va rester avec nous.

La nouvelle fixait ses chaussures. Tête baissée, elle était allée s'asseoir à la seule place vide. À mon niveau, de l'autre côté de l'allée. Moins d'un mètre nous séparait.

Je l'avais observée du coin de l'œil, impossible de m'en détacher. J'avais été frappée par la finesse de ses chevilles, la maigreur de ses jambes que sa jupe blanche dévoilait. Elle ne cessait de renifler, et quand elle avait levé de nouveau la tête pour écouter la maîtresse, je m'étais aperçue que son nez coulait. Je lui avais proposé discrètement un Kleenex, mais elle avait regardé ailleurs. Surprise, j'étais restée un moment le mouchoir tendu vers elle. Je ne savais pas encore que Marie préférait mourir plutôt que de demander un service.

À la récréation, des élèves l'avaient entourée. Pourquoi n'avait-elle pas fait la rentrée comme tout le monde ? Pourquoi avait-elle choisi cette école ? Sans répondre, Marie était allée s'asseoir sur des marches et nous avait observés avec dédain. Elle était seule, ne connaissait personne et semblait pourtant régner sur le préau.

Des garçons n'avaient pas tardé à venir la chahuter. Elle s'était levée et avait bégayé quelques mots qui firent rire le petit groupe. Rouge de colère, elle s'était rendue aux toilettes et n'en était plus sortie. Naturellement, j'étais allée la voir.

— Les garçons, ils sont bêtes.

— Je sais, m'avait-elle répondu.

— Tu veux qu'on soit copines ?

— Pour quoi faire ?

Sa réponse m'avait tellement étonnée qu'elle avait dû s'en rendre compte.

— Je sais pas si je vais rester longtemps ici, s'était-elle justifiée.

Par la suite, j'avais appris que l'enfance de Marie avait été jalonnée de déménagements, de changements de villes, de quartiers et d'écoles, que pour cette raison, elle avait préféré ne s'attacher à rien ni personne, jusqu'à moi.

— En attendant, je veux bien être la tienne de copine, avais-je insisté.

— Pourquoi, t'en as pas ?

— Si, avais-je menti.

Marie rêvait d'être danseuse à l'Opéra. Trois fois par semaine, elle se rendait au Conservatoire en métro. J'étais fascinée. Ma mère ne me laissait pas faire dix mètres sans être accompagnée.

Elle habitait dans la cité en face de chez moi, et de ma chambre, je voyais son immeuble. Sa fenêtre donnait sur une autre partie de la cour, mais le mur me suffisait pour l'imaginer faire ses exercices d'assouplissement. Quand elle venait à la maison, elle ne cessait de répéter que ma mère était gentille. Je ne comprenais pas. Ma mère était maniaque, elle passait son temps à me disputer pour que je sois meilleure en cours, que je range mes affaires, que je travaille mon piano... Que voyait Marie qui m'échappait ?

Ni elle ni moi n'avions de frère ou de sœur. Marie mit des années à m'avouer qu'elle ne connaissait pas son père. Jusque-là, elle inventait : il vivait à l'étranger, travaillait en Afrique, vendait des ordinateurs en Amérique, élevait des kangourous en Australie... Et je la croyais. Marie était si originale qu'il me semblait naturel qu'elle ait hérité ça de ses parents. Je participais avec entrain à ses histoires sans queue ni tête et, ensemble, nous divaguions des heures entières sur ce père imaginaire.

Marie hésita longtemps avant de me laisser monter chez elle. Elle me disait que sa mère refusait d'être dérangée. En réalité, c'était montrer sa mère qui la gênait. Brigitte n'était pas comme les autres. Mais au lieu d'être rebutée par ses manières et son discours, elle m'hypnotisait. Nous nous enviions nos mères respectives sans véritablement le formuler.

Toujours vêtue de son peignoir chinois en soie turquoise, Brigitte tenait délicatement son fume-cigarette et nous soufflait la fumée au visage en répétant que les hommes étaient tous les mêmes, qu'il ne fallait jamais tomber amoureuse ni dépendre de qui que ce soit.

Elle avait dû être très belle, mais l'alcool avait rongé sa peau. À un peu plus de trente ans, elle en faisait cinquante. Je ne me souviens pas de l'avoir jamais vue travailler. Brigitte était drôle, elle pouvait rire aux éclats après avoir taché le canapé, montrer ses seins à un voisin qui se plaignait du bruit, mettre la musique à fond pour danser avec nous. Elle vivait chaque journée avec intensité. Je la trouvais fabuleuse.

3.

L'épisode des Russes réglé et l'inspection des autres postes faite, je redescendis dans mon bureau. Cette petite pièce en sous-sol de la plage était d'une simplicité monacale et elle m'apaisait. On était loin de l'agitation des baigneurs. Marie m'avait rappelée sans laisser de messages. Elle n'en avait pas besoin, son nom affiché sur l'écran suffisait. Je me disais que le temps avait beau passer, rien ne changeait. Marie apparaissait et le monde autour devait s'arrêter. Pourquoi étais-je si attachée à elle ? Qu'y avait-il de si spécial dans notre lien pour qu'il me ramène toujours vers elle ?

Je retournais le problème dans tous les sens, en vain. Marie faisait partie de ma vie depuis toujours, et même si je lui en voulais encore, je savais que je ne pourrais jamais cesser de l'aimer. Comme une sœur, elle était inextricablement liée à ce que j'étais, et feindre l'indifférence était inutile. Pour autant, je ne me sentais pas prête à la laisser m'envahir encore. Étais-je heureuse ? Pas sur tous les plans, mais je n'étais pas malheureuse non plus, et je craignais qu'en lui laissant de nouveau une place, tout ne s'effondre.

Solal m'appela et je me crispai aussitôt. Tôt ou tard, il faudrait évoquer la fausse couche. Je l'aimais tellement… Et la seule idée de l'anéantir une nouvelle fois me brisait le cœur. J'avais tout quitté pour le rejoindre sur la Côte d'Azur. Il était courageux, généreux, ambitieux, un grand avocat, souvent en déplacement, mais il ne cessait de me répéter que rien d'autre que moi n'avait d'importance. Moi et nos futurs enfants. Les enfants… Et si je n'étais pas capable de lui en donner ? Si la déception finissait par avoir raison de ses sentiments ? La peur me rongeait sans que je n'ose la partager avec lui. Je suivais les traitements, consultais des spécialistes, payais des fortunes contre un peu d'espoir. Je m'astreignais à un régime scrupuleux de vitamines, de produits bio hors de prix, je faisais du sport, de la relaxation, tout ce qui pouvait envoyer les signaux positifs à mon corps et à notre futur enfant rêvé pour leur dire qu'ils étaient, l'un sous contrôle et l'autre bienvenu.

— Bonjour mon amour, tentai-je sans laisser transparaître mon malaise.

— Tu vas bien ?

— Oui, je suis à la plage.

— Tu te fatigues pas trop ?

— Non, ne t'inquiète pas.

— Le médecin a dit…

— Qu'il fallait que je me ménage, le coupai-je. Je sais. Tout va bien.

Une lame s'enfonçait dans le bas de mon ventre.

— Je vais sans doute devoir rester un peu plus longtemps que prévu ici…, hésita-t-il.

Il était à Londres pour une affaire aux enjeux très importants, mais que je n'avais pas retenus. Depuis ses études, il admirait Robert Badinter, Georges Kiejman, Éric Dupond-Moretti, et il était prêt à tous les sacrifices pour leur ressembler. Solal travaillait avec une abnégation qui m'impressionnait.

Toute ma vie, j'avais rêvé du grand amour, un amour si fort qu'il ne pourrait mener qu'à la destruction. Qu'on m'aime à en devenir fou, sans règles ni limites. Résultat : j'avais toujours fait le mauvais choix. Un prof de prépa marié, un écrivain ténébreux et égocentrique. Puis pendant quelques mois je découvris les boîtes de nuit et le sexe sans lendemain. Pathétique. Plus triste que jamais, je décidai que l'amour ne m'était pas destiné, qu'il fallait trouver un autre sens à ma vie. Je me mis au sport et au chant. En vacances à Nice, j'étais passée devant une affiche pour des cours, près de la place Masséna. J'étais entrée et ça m'avait plu. Surtout ce garçon qui chantait si faux. Il s'appelait Solal, était avocat et voulait savoir mieux placer sa voix. Il m'avait proposé d'aller prendre un verre et je ne suis plus jamais rentrée à Paris.

— Il fait beau chez vous ? lui demandai-je pour changer de sujet.

— Je sais pas trop, on travaille tout le temps.

— Mon pauvre amour…

— J'ai l'habitude. Et à la plage, il y a du monde ?

— Pas tellement, mais ça se remplit. Je pense que la saison va être bonne.

— Bon, je te rappellerai ce soir.

Nous avions soigneusement évité le sujet de la grossesse, j'en fus soulagée.

Je tournais en rond dans mon bureau. Comme toujours, j'esquivais. Tout plutôt que de me replonger en 1993, une année de non-retour pour Marie et moi. « Être toujours là l'une pour l'autre. » Cette phrase résonna dans mon esprit. Ce serment que nous nous étions fait, Marie et moi. Une promesse d'enfant résiste-t-elle aux déceptions, aux disputes, à tout ce qu'on abandonne derrière soi ?

À Nice, j'étais devenue sereine. Mon travail à la plage me plaisait, ma vie auprès de Solal me comblait. Je m'émerveillais de pouvoir admirer chaque jour la mer. La beauté de cette ville apaisait mes peurs et mes regrets. J'étais comme libérée de ma part obscure. À Paris, je me laissais engloutir par les listes de choses que je m'imposais. Partir m'avait permis de me réinventer.

En rentrant, ne serait-ce qu'une journée, j'avais peur de redevenir cette fille obstinée, ambitieuse et terriblement seule. Retrouver Marie signifiait revenir dans le quartier de notre enfance, faire face à notre histoire et à nos fantômes. J'étais terrifiée à l'idée que le passé puisse m'ensevelir. Mais il y avait Brigitte. Ne lui devais-je pas un dernier adieu ?

4.

En remontant à la plage, ma décision était prise. J'allais refuser. Pour rester libre et ne plus subir. Être adulte enfin. J'enverrais une gentille carte, des fleurs au cimetière et aurais une pensée pour Brigitte. Soudain, une petite fille en pleurs m'interpella. Elle devait avoir quatre ou cinq ans et cherchait sa maman.

— Ne t'inquiète pas, on va la trouver. Comment tu t'appelles ?

— Louise.

Je souris, lui essuyai le visage avec une serviette et lui donnai un bonbon. On traversa les rangées de transats. Sa mère se précipita à sa rencontre.

— Mais qu'est-ce qui s'est passé ? demanda-t-elle en se tournant vers moi.

— Je crois qu'elle s'est perdue, elle a eu peur...

— Oh mon pauvre chou, dit la femme en serrant la petite dans ses bras. C'est fini maintenant, maman est là.

À côté, un nourrisson dormait dans un landau. Le mari s'approcha avec une menthe à l'eau.

— Je vais vous laisser, dis-je.

— Merci beaucoup, je ne sais pas ce qui a pu arriver, vraiment… Je ne me suis même pas rendu compte, se justifiait la mère.

— Ça arrive tout le temps.

— Loulou, tu dis merci à la dame ?

Mais la petite se cachait dans les bras de sa mère.

— Dis merci… Allez !

— Ne vous en faites pas, elle a été très gentille. Au revoir, Louise.

Après des câlins et des embrassades, la petite famille se dirigea gaiement vers son parasol. Tout était simple. Je détournai le regard et me rendis compte que la plupart de mes clients étaient des mères avec de jeunes enfants. Normal. Début de saison, début de semaine. J'en eus la nausée. Face à eux, je n'étais pas prête à affronter une nouvelle fausse couche. Cet amour que j'avais sous les yeux était réservé aux autres, je n'y arrivais plus. Je décidai de remonter chez moi.

Tout se bousculait dans mon esprit. Devais-je appeler Solal ? Non, bien sûr… Mon père ? Il ne comprendrait pas. À la mort de ma mère, il était parti s'installer en Floride et nous nous donnions peu de nouvelles. Il n'avait jamais vraiment aimé parler. Nous savions que nous nous aimions, qu'en cas de besoin, nous étions là l'un pour l'autre et ça nous suffisait. Sauf qu'en réalité, je n'osais jamais le déranger, même en cas de besoin.

Une large enveloppe cartonnée était posée sur le paillasson. Intriguée, je l'ouvris. Une invitation au mariage d'Édouard une semaine plus tard. Il avait dû hésiter à m'envoyer ce faire-part.

Je soupirai. Brigitte était morte, Édouard se remariait, Marie voulait que je vienne… La coïncidence m'ébranlait. En moins de deux heures, tous refaisaient surface après plus d'une décennie de silence. L'appel de Marie était-il lié à cette cérémonie ? Souffrait-elle de la situation ? Mais pourquoi ? Après tout, c'était elle qui avait quitté Édouard. Constant, leur fils, lui adressait-il de nouveau la parole ? Serait-il présent à l'enterrement de sa grand-mère ? Que de questions ! Mais désirais-je réellement obtenir des réponses ?

5.

ÉDOUARD ET MARIE s'étaient rencontrés par ma faute. Quand j'avais changé de collège. J'avais quitté notre quartier, laissant Marie et tous ceux qui m'avaient entourée depuis l'enfance, passant des cités du 19e arrondissement de Paris aux beaux établissements du 17e. Le changement était loin de s'être fait en douceur, mais un jour, j'avais fait la connaissance d'Édouard, et mon quotidien en avait été bouleversé. J'étais immédiatement tombée amoureuse de lui. Il avait tout pour faire chavirer l'adolescente complexée que j'étais. Je me cachais derrière mes lunettes pour l'observer, masquais mes boutons avec de la poudre, mes rondeurs avec de longs pulls qui ne faisaient que les accentuer et j'espérais qu'il me remarquerait.

Pendant des mois, j'avais été transparente. Persuadée que cela venait de la taille de mon pantalon, j'avais entamé un régime drastique, le septième en dix ans, et, en quelques semaines, je m'étais métamorphosée. D'un 42 j'étais passée au 38. J'avais l'impression que ce qui faisait l'intérêt du monde, le grand amour, allait enfin m'être accordé.

Au collège, les filles en vue lui tournaient autour, glissaient leur bras sous le sien et le faisaient rire… Ces filles-là étaient tout ce que je n'étais pas : grandes, minces, élégantes, riches, insouciantes quant à leurs études et leur avenir. Jamais l'argent ne manquerait dans leur vie. Pour moi, c'était différent. Ce que je n'obtiendrais pas à force de travail n'existerait pas.

Alors je m'acharnais sur mes leçons, aucune matière n'était négligée. Je n'avais pas le temps de traîner après les cours, comme la plupart de mes camarades, encore moins d'aller prendre un café avec eux. J'avais une heure de métro et, bien souvent, un job qui m'attendait avant même de pouvoir commencer mes devoirs. Je les enviais, oui, mais cette envie nourrissait une colère qui, j'en étais certaine, serait le terreau de ma réussite future. Une boule de feu qui se transformerait tôt ou tard en une énergie de conquête inépuisable.

Un jour, Édouard s'était assis à côté de moi. Il était arrivé en retard, et il ne restait qu'une place. Mon cœur s'était arrêté quelques instants. Ce garçon était parfait, avec son sourire ravageur et ses yeux bleus.

Je rêvais de lui chaque nuit, inventais des discussions passionnées, m'imaginais le présentant à mes parents quand il me demanderait en mariage… La plus belle des histoires d'amour nous attendait, j'en étais persuadée, pourtant la souffrance de ne pas être reconnue me torturait de jour en jour.

Alors que la littérature m'avait toujours attirée, que je me dirigeais naturellement vers une voie littéraire, je changeai d'orientation en fin de seconde pour me retrouver à ses côtés, en filière scientifique. Évidemment, rien ne se déroula comme prévu. En première, Édouard enchaîna les conquêtes, plus jolies les unes que les autres, mais je ne perdais pas espoir. Souvent, il me complimentait sur mes interventions en classe, mes résultats aux examens, m'interrogeait sur mes lectures en s'emparant des livres que je posais sur mon bureau, et ça me suffisait. Je me disais qu'il se perdait dans ce rôle de séducteur parce qu'il n'avait pas encore compris que son grand amour était sous ses yeux.

Au mois de juin, juste avant la fin des cours, le lycée organisa une fête, avec piste de danse et robes de bal. Chaque élève avait le droit de venir accompagné. C'était décidé : j'allais montrer à Édouard que j'existais ! Encore aujourd'hui, j'ignore pourquoi j'avais demandé à Marie de m'accompagner. Sans doute parce que je culpabilisais de tout ce qui s'était passé quelques mois plus tôt, et que depuis mon départ, elle demeurait ma seule véritable amie. Elle avait immédiatement accepté.

À notre arrivée, tous les regards s'étaient tournés vers elle, comme d'habitude. Édouard s'approcha aussitôt et me demanda de lui présenter mon amie. Je compris que la situation m'échappait et je les avais observés, impuissante, vivre ce dont je rêvais depuis deux ans. Leur discussion était fluide, ils se dévoraient des yeux. Très vite, Édouard effleura ses épaules, sa main, et une danse plus tard, il l'embrassait.

J'avais couru aux toilettes pour éclater en sanglots. Je me trouvais ridicule dans cette robe pour laquelle j'avais dépensé toutes mes économies, avec cette coiffure qui ne m'allait pas et ce maquillage qui me donnait l'impression d'avoir trente ans.

À la fin du bal, nous étions rentrées, Marie, ravie, et moi, au fond du trou. Les vacances allaient commencer et je m'étais consolée en me disant qu'Édouard l'oublierait. De mon côté, j'allais passer l'été en Normandie, à m'ennuyer, grignoter et sangloter devant *Roméo et Juliette* ou *Love Story*.

À la rentrée, Marie et Édouard étaient toujours ensemble. Pire, elle l'avait rejoint dans sa maison familiale à Royan sans me le dire. Ils étaient fous l'un de l'autre et parlaient d'avenir. J'espérais que le baccalauréat viendrait à bout de leur relation, que les dragues incessantes des filles du lycée perturberaient Édouard, mais rien n'y fit. Édouard se rapprocha de moi dans l'unique objectif d'en apprendre davantage sur Marie, pour mieux comprendre ses accès de colère ou de désespoir.

En fin d'année, Édouard et Marie m'avaient annoncé qu'ils allaient se marier. J'avais essayé de leur objecter qu'ils étaient trop jeunes. Ils ne m'avaient pas écoutée. Alors, j'avais retrouvé mon refuge habituel : les études. J'étais entrée en prépa et me consacrais à mes cours pour oublier le reste, jusqu'au jour où Marie était passée me voir chez mes parents. Elle était rayonnante et le décalage me frappa. Je m'étais négligée pour me consacrer entièrement aux concours. Mes cheveux clairsemés et mon menton couvert de boutons tenaient mal la comparaison face à elle. Marie dégageait une grâce qui donnait l'impression qu'elle survolait la vie plutôt qu'elle la subissait.

Elle avait proposé de nous faire un thé. Elle connaissait parfaitement la cuisine de la maison. Je l'avais prévenue que j'avais peu de temps. Tout à son bonheur, elle ne m'écoutait pas, me remercia encore de l'avoir invitée à cette fête un an et demi plus tôt. Elle m'annonça la date de leurs noces : pile pendant mes examens. L'avait-elle fait exprès ? Elle tenait à ce que je sois son témoin. Cette demande me fit l'effet d'une gifle.

Mais comment refuser ? J'avais objecté que cette période était décisive pour moi, que j'avais trop travaillé pour me laisser distraire. Marie s'était vexée, me reprochant de l'abandonner une nouvelle fois. J'avais fini par promettre de faire au mieux. Et je tins parole. Lors de la cérémonie, je compris que la famille d'Édouard avait déployé en vain de nombreux efforts pour empêcher ce mariage. J'avais fait acte de présence dix minutes et étais allée m'isoler au vestiaire pour étudier. Pas le temps ni l'envie d'assister à leur bonheur.

Je ne revis Marie que quatre ans plus tard, le jour de ma remise de diplôme, à laquelle je l'avais invitée. J'avais tout de suite remarqué que quelque chose n'allait pas. Ses yeux étaient éteints et son sourire forcé. Quand elle s'était approchée, elle m'avait prise dans ses bras et dit que j'étais magnifique. Elle m'avait félicitée avant d'ajouter qu'elle avait toujours su que je réaliserais de grandes choses, qu'elle aurait dû s'inspirer de moi au lieu de tout faire de travers.

Cette dernière phrase m'avait surprise. Mais mes camarades, mes parents et mes professeurs tenaient à exprimer leur fierté et Marie disparut de mon champ de vision. Je l'avais retrouvée une heure plus tard, dans l'amphithéâtre. Je me revoyais à son mariage, cherchant une place dans une foule indifférente. Avant même que je ne prononce un mot, elle me dit que je lui manquais. Quand je lui demandai si Édouard allait bien, elle répondit par l'affirmative, avec une expression déçue.

Elle l'avait épousé trop vite, finit-elle par avouer. Édouard était trop gentil, trop collant, et elle ne le supportait plus. Elle l'avait trompé avec son professeur de tennis et le lui avait avoué. Mais au lieu de laisser éclater sa colère, Édouard lui avait pardonné et avait cherché à améliorer son comportement. Ne lui donnait-il pas suffisamment d'affection ? Elle avait cru mourir.

— Tu as un homme qui t'aime plus que tout, de quoi tu te plains ?

— Je sais pas. Je suis pas normale.

Je n'avais pas su quoi répondre, elle avait raison. Elle s'était mise à pleurer et je l'avais consolée. Marie était une séductrice, elle avait toujours suscité les passions, mais n'avait jamais été heureuse ailleurs que sur les parquets de danse classique, ou derrière un appareil photo. J'avais beau la trouver ingrate, je ne pouvais nier son désarroi. Je lui promis d'être plus présente. Je ne pouvais rien faire de plus.

Mes études venaient de se terminer et je cherchais un emploi, ce qui me laissait du temps. J'en avais profité pour m'occuper d'elle. J'arrivais le matin, après le départ d'Édouard, et nous discutions des heures. Ils vivaient dans un grand appartement du 17e arrondissement. Les parents d'Édouard avaient finalement consenti à les aider. Ils ne manquaient de rien. Les pièces étaient meublées avec goût, les armoires pleines de vêtements de marque, et le frigo rempli. Mais Marie s'ennuyait. Elle avait beau être inscrite à plusieurs salles de sport – elle avait renoncé au tennis –, un country-club, un cours de dessin, rien ne « la remplissait vraiment », à ce qu'elle disait. Elle faisait sans cesse allusion à notre enfance, au 19e arrondissement, avec une expression de profonde nostalgie.

Un matin, elle m'appela très tôt et me donna rendez-vous aux Buttes-Chaumont, dans la grotte où nous allions enfants. Intriguée, j'acceptai. Une heure plus tard, elle apparut, les yeux cernés et le visage en pagaille.

— Je suis enceinte.

— C'est une bonne nouvelle, répondis-je par automatisme.

Je n'avais jamais imaginé qu'attendre un enfant pouvait être source de malheur. Surtout avec Édouard pour père.

— Je n'y arriverai pas, m'avait-elle soufflé en s'effondrant sur le sol.

J'avais essayé de la consoler, mais ne savais pas quel argument avancer tant son état m'était incompréhensible. Confortée par mon attention, Marie m'avait raconté qu'elle ne supportait plus Édouard, que vivre avec lui était au-dessus de ses forces. Au lieu d'évoquer une possible séparation, Marie usait de stratagèmes pour avoir la paix. Chaque soir, elle diluait des somnifères dans son verre. Épuisé, Édouard se couchait tôt… Il voulait un enfant, elle n'osait pas le lui refuser. Elle lui avait juré qu'elle ne prenait plus la pilule et continuait en cachette. Cette grossesse était le fruit d'une gastro.

Je l'avais écoutée me décrire son quotidien jalonné de lâchetés, et il me semblait ne plus la connaître. Attendre un enfant la dégoûtait. Elle refusait que son corps change et surtout craignait de devoir le partager. Elle était obsédée par sa minceur, par le souvenir des femmes de notre quartier qui étaient devenues plus lourdes, plus épaisses à chaque maternité. Où étaient passées leur jeunesse, leur beauté, leur liberté ? Pourquoi cet abandon ?

Elle voulait que je l'accompagne se faire avorter. J'étais sidérée. Ça allait trop loin et, je ne sais comment, je parvins à la convaincre de parler à Édouard. Il m'avait téléphoné pour se confier à son tour. Il était fou d'elle, mais avait compris qu'elle ne serait jamais heureuse avec personne. Perpétuellement insatisfaite, comme les dépressifs de sa famille. Pour la première fois, il nommait le symptôme.

— Tu sais, si elle avait un cancer, je ne la laisserais pas tomber, eh bien là, c'est pareil, sauf que ce sont ses nerfs qui sont malades.

En fait, ce n'était pas sa vie avec Édouard qui lui était insupportable, c'était la vie tout court. Il exagérait, m'étais-je dit. Et je ne voyais que son dévouement. Six ans plus tôt, je ne m'étais pas trompée, Édouard était un être exceptionnel.

Il était persuadé qu'un enfant aiderait Marie à aimer l'existence. Je ne compris que bien plus tard en quoi cette idée était absurde. Chacun notre tour, nous lui avions parlé. Édouard l'avait rassurée sur le fait qu'il serait là, que jamais elle ne se retrouverait seule avec ce bébé. Elle devait avoir confiance en son couple, en ce petit qui saurait se faire aimer. Quant à moi, je lui répétais qu'à sa place, je le garderais. Elle avait cédé.

Sa grossesse fut un calvaire. Elle était malade tout le temps, la peau de son visage, ravagée par l'acné, et surtout elle était gênée par son enfant. Chaque fois qu'il s'agitait en elle, elle lui hurlait dessus. Une fois, je l'avais même aperçue frapper son ventre.

À la naissance, j'avais rarement vu un bébé si adorable. Pourtant, Marie semblait indifférente à Constant. Les médecins imputèrent son désintérêt à la dépression post-partum. Moi, je compris immédiatement que nous nous étions trompés, Édouard et moi. Marie allait sombrer dans ce rôle de mère dont elle ne voulait pas. La réalité s'offrait à nous dans toute sa violence : elle regrettait.

Les mois passaient et elle ne s'intéressait pas à son fils. Aucun geste de tendresse, jamais de jeux, ni de colères. Pour elle, Constant n'existait pas. Elle m'avait expliqué qu'elle n'arrivait pas à l'aimer, qu'elle n'avait pas l'instinct maternel, Brigitte l'avait « foutue en l'air ». Excuse aussi injuste que facile, avais-je objecté.

— Tu peux pas comprendre, Nissou, ta mère s'est toujours occupée de toi.

Avec Édouard nous espérions que le temps jouerait en notre faveur, mais la situation ne faisait qu'empirer. Constant comprenait que sa mère était différente des autres. Trop jeune pour se faire une raison, il cherchait à tout prix son attention, au point de se casser le bras un jour, en tombant d'un arbre au parc. Il avait voulu monter tout en haut pour qu'elle le voie. Édouard avait sermonné sa femme. Pourquoi avait-elle quitté le petit des yeux ? Qu'est-ce qui n'allait pas chez elle ? Comment pouvait-elle ainsi faire souffrir leur petit garçon ? Devant l'enfant, elle avait répondu qu'elle n'en avait jamais voulu. S'il y avait un coupable, c'était Édouard. Elle connaissait ses limites, l'avait prévenu, il avait refusé de l'écouter.

Après cet épisode, leur couple, leur famille partirent complètement à la dérive.

L'attitude de Marie m'avait choquée et j'avais coupé les ponts. Elle n'avait pas le droit de mépriser son enfant. Je lui avais dit ce que je pensais de ses choix, de ses exigences vis-à-vis de moi depuis toujours, sans jamais rien donner en retour.

— Mêle-toi de tes affaires ! m'avait-elle répondu en me poussant violemment hors de chez elle.

Elle m'avait reproché de l'avoir toujours enviée, me prédisant que je ne parviendrais jamais à rien dans la vie parce que j'agissais en victime, incapable d'apprécier ce que j'avais. Elle doutait qu'on puisse m'aimer un jour et plaignait mes enfants si je trouvais un fou qui veuille bien m'en faire. Le pensait-elle vraiment ? Cette question m'épuisa des semaines, des années durant.

Par la suite, j'avais appris qu'elle était partie avec le baby-sitter du petit et avait demandé le divorce. Inconsolable, Édouard assurait seul l'avenir de son fils. Constant, quant à lui, ne parlait plus à cette femme qu'il refusait de considérer comme sa mère. J'avais rompu les liens avec eux. Je n'avais plus l'énergie de m'intéresser à leur histoire.

Mais ce jour-là, le passé me rattrapait avec violence et je ne savais pas quoi faire. J'avais beau en vouloir à Marie, je ne me résolvais pas à ne pas faire mes adieux à Brigitte. J'étais allée dans la cuisine, m'étais servi un reste de riz que j'avais à peine touché et qui traînait dans le frigo tout en regardant la télé. La météo défilait ville par ville. Nice puis Paris.

Nice-Paris. 1 heure 20 de vol. Revoir Marie. Brigitte, Édouard… Comme à chaque fois, la colère, puis le doute. Je lui en voulais de refaire surface, craignais la pagaille qui l'accompagnait toujours, puis j'hésitais, l'envie, comme un poison, se diluait dans mes veines. Pouvais-je vraiment ne pas y aller ?

15 heures. La faille s'élargissait. Je regardai les vols du lendemain. Le plus tôt possible. Je me promis de faire un aller-retour dans la journée. Je passerais quelques coups de fil, en profiterais pour saluer Édouard et le féliciter pour son mariage, ferais mon possible pour tout boucler en deux, trois heures peut-être, et je rentrerais. Pas la peine d'en parler à Solal, je serais de retour avant lui. Vol de 6 heures 15, arrivée Paris 8 heures, accepté. Retour départ 17 heures 30, arrivée Nice 19 heures, accepté. Option modification des horaires, accepté. Un *bip* dans ma messagerie : billet reçu.

J'envoyai un sms à Marie pour la prévenir. Elle répondit aussitôt :

Rendez-vous 13h devant l'entrée rue du Rhin.

Chez Brigitte donc. L'enterrement aurait sûrement lieu au cimetière de Pantin. Puis j'appelai Édouard pour le remercier de m'avoir invitée.

— On te comptera parmi nous ?

— Je ne suis pas sûre… mais je viens demain à Paris.

— On prend un café avant le boulot ? me coupa-t-il.

Il me parlerait sûrement de Marie, comme d'habitude, mais j'avais du temps avant mon rendez-vous avec elle. J'acceptai. Aucune allusion à Brigitte. Mieux valait attendre le lendemain. Je m'allongeai sur le canapé, forcée de constater qu'en quelques minutes, j'avais plongé.

Avec le recul, je pense que je cherchais à fuir. En me concentrant sur autre chose, j'étais toujours une femme enceinte.

6.

Le pilote entamait sa descente et mon angoisse montait. Ma gorge était sèche, mon cœur battait vite. Marie avait été la sœur que je m'étais choisie, et j'étais la sienne. Et comme des sœurs, nous nous détestions autant que nous nous aimions. Comment réagirait-elle en me voyant ? Aborderait-elle le passé ? Perdue dans mes pensées, le temps s'était écoulé sans que je m'en sois aperçue.

Édouard habitait dans un bel immeuble de l'avenue des Ternes, à deux pas de la place de l'Étoile et de notre ancien lycée. Il était presque 8 heures et le bal des nounous s'ouvrait dans les rues. J'observais leurs visages marqués par la fatigue. Les mères des quartiers riches mettaient peu de temps à considérer leurs petits comme des poids. La nounou devenait un accessoire parmi d'autres au côté des sacs Hermès. Les patronnes supportaient mal le quotidien répétitif et frustrant auprès de leurs enfants… Un bisou le matin et au revoir jusqu'au soir. Je les connaissais par cœur. Ces quartiers, je les avais fréquentés des années durant.

Je m'approchai de l'interphone et repérai aussitôt son nom. Massart… Combien de fois avais-je savouré de prononcer mon prénom collé au sien ? Édouard m'ouvrit la porte et me prit dans ses bras. Il me proposa un café, parlant sans s'interrompre. Constant, qui avait à présent seize ans, sa nouvelle femme, les préparatifs du mariage… Il me fit visiter. Chaque pièce était décorée avec goût, dans des tons pastel, témoignage d'une présence féminine pleine de douceur, ce que confirmait le portrait de la future Mme Massart, une petite brune plutôt ronde, au sourire généreux… L'exact opposé de Marie et ma copie conforme. Belle ironie.

Édouard était encore plus beau qu'avant. Des cheveux blancs parsemaient ses tempes, quelques rides encadraient ses yeux cernés et son regard était plus mélancolique. Il avait pris un peu de poids, mais tout cela ne faisait que renforcer son charme. À présent, il était un homme. Il m'expliqua que sa compagne était partie chez ses parents en Bourgogne pour terminer d'organiser la fête. Il croulait sous le travail et ne savait comment tout boucler avant la réception et le voyage de noces qui suivrait. Il était nerveux, pressé. Puis il me demanda :

— Qu'est-ce qui t'amène à Paris ?

— L'enterrement de Brigitte, fis-je, étonnée qu'il ne s'en doute pas.

Il me fixa, fronçant les sourcils.

— L'enterrement ? Mais Brigitte est morte il y a quatre mois !

Je me figeai à mon tour.

— Quoi ?

Il hocha la tête pour confirmer l'impensable.

— C'est pas possible ! Tu étais à la cérémonie ?

— Il n'y en a pas eu. Et Marie a refusé que quiconque vienne à l'hôpital quand elle était malade. Je pensais que tu étais au courant… Un cancer, finit-il par préciser.

Je n'en revenais pas. Dans quelle histoire m'étais-je encore embarquée ? Pourquoi Marie m'avait-elle menti ?

— Il y a sûrement une explication, tempéra Édouard.

— C'est bien ce qui me fait peur.

Il regarda par la fenêtre, songeur.

— Je crois qu'elle ne va pas bien, reprit-il.

— Pour changer…

— Je n'ai pas de nouvelles depuis deux semaines, et elle ne répond pas à mes appels. Je suis inquiet.

— Pourquoi ? Tu devrais être content d'avoir un peu la paix !

— C'est la mère de mon fils.

— Arrête, Édouard, Marie n'a jamais été une mère pour ton fils.

— C'est comme ça. Tout ne s'explique pas.

Cette dernière phrase m'ébranla. Peut-être parce qu'elle faisait écho à tant de choses de ma vie, à commencer par la douleur dans mon ventre, et que j'avais beau chercher une raison au fait de ne pas être mère, je n'en trouvais pas.

— Cette fois, ça ne colle pas, ajouta-t-il.

Marie lui avait promis de venir au mariage, au moins pour Constant, même si rien ne permettrait jamais de recoller les morceaux entre eux, selon elle. Deux semaines plus tôt, elle avait appelé Édouard pour lui dire qu'elle avait trouvé sa robe, mais depuis, silence radio.

— Et ça t'étonne tant que ça ? avançai-je.

— Écoute, je la connais plutôt bien, non ? lança-t-il, cynique. Je te dis que quelque chose cloche.

Il m'apprit qu'elle était retournée vivre chez sa mère, qu'elle avait travaillé quelque temps dans une agence immobilière.

— Elle a fait pas mal de boulots jusqu'ici, mais rien ne marchait... Là, j'ai vraiment cru qu'elle s'accrocherait.

Édouard avait appelé le travail de Marie.

— J'ai senti qu'il y avait un problème.

— Avec son employeur ?

— Oui, il était fou de rage, il m'a dit que ça se passerait pas comme ça, qu'il mettrait les flics sur le coup. Je lui ai demandé de quoi il parlait, mais il a pas voulu aller plus loin.

— Elle a dû draguer un client ! plaisantai-je.

Édouard était blême. Il semblait vraiment soucieux. Il avait encaissé ces vingt dernières années et ne méritait pas que Marie le plombe encore à ce point.

— Elle en a eu assez et fait un break, c'est pas la première fois, tempérai-je.

— Anaïs, ces derniers mois, Marie n'a fait que des conneries. Comme si elle voulait tout foutre en l'air. Son mariage...

— Son mariage ? le coupai-je. Elle s'est remariée ?

Édouard fut surpris que j'ignore ça aussi.

— Alors, vous ne vous êtes vraiment plus parlé pendant tout ce temps ?

J'eus un pincement au cœur. Je n'avais jamais cherché à me rapprocher d'elle et les raisons qui m'avaient retenue me paraissaient soudain ridicules.

7.

Après avoir quitté Édouard, j'essayai de joindre Marie pour comprendre. Son téléphone était éteint. Je pestai, espérant ne pas être venue pour rien. Se jouait-elle de moi ? Cherchait-elle à vérifier que sur un claquement de doigts, dix ans plus tard, j'obéissais toujours, quitte à utiliser la mort de sa mère pour me manipuler ?

Je repensai aux confidences d'Édouard. Elle s'était remariée avec Jordan, un type qui s'était installé à la cité quelques années plus tôt. Il était plombier, travaillait beaucoup, ce qui avait sûrement déplu à Marie. Elle avait retrouvé son père. Ironie du sort, elle qui lui avait inventé tant de vies incroyables avait découvert qu'il n'avait jamais quitté le 19e arrondissement ni pardonné à Brigitte d'avoir gardé un enfant dont il ne voulait pas.

Marie l'avait rencontré dans un café. Une petite heure. Aucune promesse, aucun regret. S'en était suivi un bouleversement dans la relation entre Marie et sa mère. Marie ne pouvait rien contre cet inconnu, ce fuyard sans cœur, mais pourquoi Brigitte l'avait-elle aimé ? Et, de fil en aiguille, toute la colère accumulée depuis l'enfance finit par exploser. Marie s'était libérée de ce poids insupportable et Brigitte avait sombré, jusqu'à ce que son corps finisse par lâcher.

Je savais bien sûr à quoi Édouard faisait référence. Pour Marie, Brigitte avait tout fait de travers. Aucune limite, aucune éducation. Elle se comportait plus en copine qu'en mère. Elle écoutait nos secrets derrière la porte, se mêlait de nos conversations, empruntait les vêtements de sa fille… Et le reste du temps, elle buvait. Pire, un jour en rentrant plus tôt du collège, nous l'avions surprise en compagnie du grand frère d'Abdulaye, le petit ami de Marie. Elle, assise sur la table de la cuisine, lui, pantalon baissé, pressant son torse contre la poitrine de Brigitte. Ils s'étaient interrompus en entendant la porte claquer. Écarlate, Marie avait filé dans sa chambre, et je m'étais retrouvée seule face à eux. Le jeune homme avait remonté son pantalon en vitesse, enfilé son tee-shirt, embrassé Brigitte sur la bouche et lui avait glissé un mot à l'oreille avant de partir, me saluant à peine. Brigitte avait arrangé sa coiffure.

— Les filles, vous auriez pas pu arriver dix minutes plus tard ?

Je n'avais pas su quoi répondre.

— La gamine va encore tirer la tronche… Qu'est-ce qui m'a fait une nunuche pareille, hein ? Faut grandir bon sang !

Puis elle avait claqué la porte de la cuisine et je l'avais entendue se servir un verre. J'avais rejoint Marie dans sa chambre et l'avais trouvée en pleurs. Elle se doutait que les ragots sur sa mère étaient vrais, que c'était « une suceuse », « une baiseuse de mouflets »… Mais jamais elle n'en avait eu la preuve.

— Elle s'arrêtera jamais de me gâcher la vie, cette conne.

J'avais cherché les mots pour apaiser la situation, mais les images du sexe de Brigitte à travers sa robe de chambre, du pantalon baissé de son amant me tétanisaient. Pour la première fois, je m'étais estimée heureuse d'avoir une mère obsédée par mes résultats scolaires, la bienséance et l'ordre de ma chambre.

Une vague de tristesse m'envahit. Je ne savais plus à quoi l'attribuer. L'enfant qui me quittait ? Le gâchis de la vie de Brigitte ? La douleur de Marie à présent ? L'écho au destin de ma mère ? La situation absurde dans laquelle je me trouvais ? Ou était-ce le mélange de tout ça… La vie était vraiment une garce avec ceux qu'elle n'avait pas choisis.

8.

PENSER À BRIGITTE me plongeait dans une culpabilité que je n'avais pas éprouvée depuis longtemps. N'aurais-je pas dû aimer ma mère beaucoup plus ? Elle était morte des années auparavant, aspirée elle aussi en quelques semaines par un cancer, et elle avait laissé un vide terrible derrière elle.

Depuis mon plus jeune âge, je m'étais convaincue que nous n'avions rien en commun. Elle faisait partie de ma vie par obligation et je ne cherchais pas à me lier davantage à elle. Pourquoi était-elle si stricte ? De quoi avait-elle peur ? Avait-elle aimé mon père ? Pourquoi n'avait-elle pas souhaité d'autres enfants ? Seuls mes bulletins scolaires et mon poids semblaient l'intéresser. Je n'avais compris qu'à sa mort que j'étais passée à côté d'elle. Je me mis à pleurer.

Je ne savais pas quoi faire. C'était trop tôt pour retrouver le quartier de mon enfance. Je m'étais promis de n'y revenir qu'auréolée de succès. Une belle vie, une silhouette à se damner, une famille… Superficialité ? Besoin de revanche ? Peut-être. Mais à cause de Marie, même mon retour m'échappait.

Quand, au juste, les choses avaient-elles commencé à déraper ?

Pendant l'été qui avait précédé l'entrée au collège, Marie et moi nous étions beaucoup écrit. Elle était partie chez sa grand-mère à Perpignan et moi en Normandie. Je me souviens d'avoir passé mon temps à guetter le facteur. Chaque lettre s'étalait sur plusieurs pages, comme si nos destinées se jouaient, la sienne au bord de sa piscine, la mienne dans le jardin familial.

Fin août, j'étais rentrée avant elle, et le temps me semblait long. J'avais terminé de couvrir mes livres scolaires avec ma mère, révisé les verbes irréguliers d'anglais et d'allemand, les théorèmes de mathématiques. Ma mère tenait à ce que je ne perde pas le premier mois de l'année à réapprendre ce que j'étais censée connaître.

Un jour, le téléphone avait sonné. Marie venait d'arriver. Avant même de défaire ses valises, elle m'avait appelée pour que je la rejoigne. Dès qu'elle avait ouvert la porte, j'avais eu un choc : l'année à venir serait terrible. En deux mois, Marie était devenue sublime. Elle avait toujours été jolie, svelte, mais la petite fille un peu sauvage au visage masqué par une frange trop longue s'était métamorphosée. Ses cheveux avaient blondi au soleil, sa nouvelle coupe dévoilait ses traits d'une finesse incroyable et faisait ressortir ses immenses yeux verts. Elle avait grandi et ses longues jambes délicatement sculptées par des années de danse dépassaient d'un minuscule short en jean.

J'avais l'impression d'être le négatif d'une photo parfaite, son exact contraire. Le soleil avait fait ressortir les boutons sur mon visage, mes dents allaient recevoir quelques semaines plus tard un appareil dentaire qui métalliserait mon sourire, et cette perspective me complexait déjà. J'avais encore grossi et mes cuisses commençaient à ressembler à celles de ma mère, deux poteaux informes. Au mois de juin, la différence ne me paraissait pas si flagrante, mais là... La joie des retrouvailles fut éclipsée par ce dégoût de moi-même.

Marie évoluait dans son appartement sans avoir conscience de la perfection de son corps, de la finesse de ses chevilles, de ses genoux, de sa taille. Si gracieuse... J'en avais été certaine, Marie allait devenir une grande danseuse, une danseuse étoile, comme elle en rêvait. Deux ans encore et elle me quitterait pour rejoindre les rats de l'Opéra et je ne la verrais plus. Dès la rentrée, tous les élèves se l'arracheraient, et ce serait la guerre pour rester son amie.

Mais je n'avais rien dit de mon angoisse, et l'avais suivie dans sa chambre. Comme à son habitude, elle effectuait ses exercices de danse, le bras collé au mur. Première, seconde, pointes, arabesques, l'enchaînement habituel. Je l'avais observée, pleine d'admiration, et m'étais laissée emporter par ses mouvements, oubliant mon apparence ingrate. Elle souriait, confiante, sans se déconcentrer, soufflait par le nez pour qu'on ne se doute pas qu'elle avait besoin de respirer. Ça semblait tellement facile... Une fois, j'avais essayé de l'imiter. Elle m'avait guidée et j'avais découvert la difficulté de chaque mouvement.

— C'est ça la danse, c'est hyper dur, mais faut faire comme si tu étais au-dessus, comme si tu sentais rien.

Ce n'était pas pour moi. En bonne tragédienne, quand je souffrais, j'aimais que ça se voie.

Dès le lendemain, j'avais eu la confirmation que mon intuition était bonne. Dans la cour de la cité, les garçons lui tournaient autour et je restais en retrait. Chaque mètre que nous parcourions me faisait comprendre que, pour eux, je ne présentais aucun intérêt face à elle. J'en avais été malheureuse, mais je ne leur en voulais pas. Comment ne pas leur donner raison ? Je m'étais réfugiée dans mes livres, rêvant d'un avenir où quelqu'un s'apercevrait enfin que moi aussi, j'en valais la peine.

Ce fut encore pire à la rentrée des classes. J'avais tout de suite remarqué Carlos, avec son côté rebelle et ses cheveux qu'il rejetait en arrière d'un coup vif de la tête. Il portait des Dr. Martens, un blouson de cuir noir et un jean élimé. Pendant plusieurs semaines, j'avais espéré en vain qu'il me proposerait de m'asseoir à ses côtés en cours, que peut-être il me demanderait mon numéro de téléphone.

Alors que je lui avais toujours confié mes sentiments, je n'étais pas parvenue à dévoiler à Marie ce que j'éprouvais pour Carlos. Je n'avais donc rien pu lui reprocher quand, un soir, elle m'avait appelée à la maison pour me dire qu'elle « sortait » avec lui. Je me souviens encore de notre conversation.

— Comment ça, vous sortez ensemble ?

— Bah, c'est mon mec !

— Tu l'as embrassé ?

— Pas au téléphone ! Mais demain il passe me chercher et on a dit qu'on le ferait.

Marie allait recevoir son premier baiser du garçon qui me plaisait. Elle l'avait eu au téléphone pendant que je faisais mes devoirs, luttant pour ne pas penser à lui.

— Mais t'as pas peur ?

Quelques jours plus tôt, nous avions surpris une conversation entre des garçons. L'un d'eux se moquait d'une fille qui « ne savait même pas rouler une pelle ». J'en avais été terrorisée. Comment s'y prenait-on ? Je n'en avais aucune idée, Marie non plus. Nous nous étions entraînées avec des crayons, puis sur la paume de notre main, en regardant des séries américaines où les acteurs s'embrassaient. Mais comment savoir si ce que nous faisions était correct ? Tournions-nous la langue dans le bon sens ? Au bon rythme ? Nous n'aurions jamais de réponses avant de le faire pour de vrai. Terrible !

— J'ai bien réfléchi, s'il me charrie, j'dirai que c'est lui qu'embrasse mal.

— Mais si on te croit pas ?

— On me croira, affirma Marie.

Peut-être avait-elle compris l'effet qu'elle opérait sur les autres, mais en 6e, la petite fille timide qui bégayait avait complètement disparu. Du moins, c'était l'impression que j'avais eue. Marie allait devenir la petite amie de Carlos. Dorénavant, ils iraient ensemble en cours et rentreraient tous les deux. J'allais me retrouver seule, contrainte de les regarder vivre mon rêve. J'étais désespérée. Je m'étais retenue pour ne pas pleurer et avais raccroché en exigeant que Marie me raconte tout dès qu'on se retrouverait devant les grilles du collège. Je m'étais observée longuement dans le miroir de ma chambre. J'étais affreuse. J'avais fini par aller voir ma mère pour trouver du réconfort et lui avais demandé si elle me trouvait belle.

— Plus tard, tu le seras, m'avait-elle répondu.

9.

L'HISTOIRE entre Marie et Carlos ne dura que quelques semaines. Quand elle rompit avec lui, il se tourna vers moi pour comprendre. Puisque j'étais la seule amie de Marie, je devais forcément savoir pourquoi elle l'avait quitté. Je n'avais pas su quoi lui répondre.

J'en avais discuté avec elle un soir. À la nuit tombée, nous nous blottissions dans sa couverture sur son balcon. Nos yeux allaient des étoiles au béton de la cité. Les deux faces de notre monde, notre rêve et, plus bas, notre vérité. Nous espérions des amours passionnées, de l'argent pour partir loin du quartier et, dès que nous baissions la tête, la réalité nous rattrapait. Comment nous sortirions-nous de là ? Quel chemin nous conduirait vers nos ambitions ? Nous l'ignorions et cela nous laissait un goût amer. Nous rentrions dormir, serrant chacune notre oreiller, espérant que la vie nous choisirait, nous. Quand j'avais abordé le sujet « Carlos », Marie m'avait répondu avec un naturel qui m'avait sidérée :

— Laisse tomber Carlos, y'a Romuald qui me kiffe !

— Romuald ?

— Oui ! Franchement, les hardos, c'est nul !

— Comment ça ?

— Romuald, c'est une caille ! Il s'y connaît en rap.

Ses yeux s'étaient mis à briller. Romuald était l'une des stars du lycée, beaucoup plus âgé que nous. Il était un des « mecs cool » qui traînaient aux Buttes-Chaumont, fumaient de l'herbe, jouaient au basket et travaillaient mal en classe. Il trimballait partout avec lui un autoradio, son « ghetto blaster », pour faire comme Will Smith dans le générique du *Prince de Bel-Air*, et laissait exploser du « son » dans la cour de l'école, formant des cercles d'amateurs autour de lui.

On était au début des années 90, bien avant le *bling-bling*. À cette époque, le rap était « conscient ». La plupart des rappeurs se fichaient d'être financés par Louis Vuitton, ils voulaient que la rue mène à une vie décente, que les jeunes récoltent ce à quoi ils avaient droit, que la violence ait un sens, des règles et que, par les mots, leurs voix se fassent entendre. Dans les cours de lycée, nous assistions à de véritables communions autour des morceaux de MC Solaar et Jimmy Jay, IAM, House of Pain, De La Soul, NTM, Ministère A.M.E.R., Dr. DreetSnoop, Ice Cube ou Arrested Development. De l'anglais, nous ne comprenions pas grand-chose, mais le rythme nous transportait.

Il y avait de la puissance dans cette musique, quelque chose qui venait de la terre et qui prenait aux tripes. Tous les garçons avaient vu *Boyz'n the Hood* et *Do the Right Thing*. D'instinct, leur démarche s'était transformée. Ils s'étaient mis à boitiller et à balancer nonchalamment leurs bras sur les côtés. Nous étions tous scotchés devant MCM et MTV, nous immergeant dans les clips de hip-hop, participant à des conflits *East Coast-West Coast* qui se déroulaient à des milliers de kilomètres de chez nous ! Nous ignorions que nous vivions un âge d'or, que notre jeunesse était bénie par ces artistes qui deviendraient une référence pour les générations suivantes.

Romuald était l'un des prêtres de cette nouvelle religion. Grand, la peau noire, musclé, pantalon large baissé au maximum pour laisser apparaître un caleçon blanc, Jordan aux pieds et Teddy Smith par n'importe quel temps. Un vrai *ghetto boy* américain ! Autant dire qu'il était le fantasme de toutes les filles du lycée Bergson... Et voilà qu'il avait remarqué Marie, une simple élève de 6e, ma meilleure amie.

Romuald me faisait peur. Trop adulte face à elle. Mais j'avais compris qu'elle ne reviendrait pas sur sa décision quand elle troqua ses Dr. Martens achetées d'occasion contre des Nike.

Au collège, Marie et moi avions fréquemment changé de style vestimentaire. Chaque tendance était influencée par ses nouvelles conquêtes. Ma mère avait du mal à suivre en triant mon linge et, pour être honnête, moi aussi. Nous étions passées d'un look grunge, époque Carlos et Nirvana, à un style rap américain, époque Romuald et Tupac Shakur, pour atterrir chez les gothiques, époque Christian et The Cure, ambiance reggae avec Didier et Bob Marley, retour au rap, époque Abdulaye et

IAM, pour y rester… J'en oublie, mais la constance vestimentaire n'était pas notre fort. Marie avait toujours initié les choses, et je suivais. Elle me maquillait pour masquer mes boutons et faire ressortir mes yeux qu'elle trouvait magnifiques. Elle me répétait que j'étais jolie, et ça me faisait du bien de l'entendre, même si je peinais à le croire.

Avec Romuald aussi, Marie n'était restée que quelques semaines, jusqu'à ce qu'il la plaque pour une fille qui acceptait de coucher avec lui. Marie en eut le cœur brisé, mais n'en montra rien. Selon elle, il n'était qu'un rebelle de pacotille, une fois chez lui, c'était sa mère qui tenait la maison et il lui obéissait comme un petit chien. Mais lorsqu'elle faisait ses exercices de danse, elle retenait ses larmes, crispée. Les garçons lui ont toujours fait perdre de sa grâce.

Pendant toutes ces années, Marie avait enchaîné les flirts avec une facilité déconcertante. J'étais plus inquiète que jalouse. J'avais peur qu'elle m'abandonne, mais ça n'arrivait jamais. Nous dormions souvent l'une chez l'autre et elle me racontait tout. Nous étions inséparables.

Et puis Douglas est arrivé. Il avait rejoint Bergson en 5e. Mon premier coup de foudre. Marie l'avait à peine remarqué. Trop occupée à préparer son examen de danse au Conservatoire.

Pendant les vacances de printemps, Marie m'avait invitée chez sa grand-mère à Perpignan, et je m'étais enfin décidée à lui avouer la passion qui me brûlait. Elle avait alors consacré nos vacances à trouver un plan pour que je le séduise. Nous cherchions des tenues, des coiffures. Nous élaborions des stratagèmes insensés.

— Et si tu faisais semblant de te tordre la cheville devant lui ?

— OK, mais s'il s'en fiche, j'aurai l'air de quoi ?

— Et si tu lui proposais de discuter tout simplement ?

— Je pourrais jamais, t'es folle !

— Et si je lui piquais sa trousse, je te la file et tu fais semblant de l'avoir trouvée par terre ?

Je réfléchis un moment.

— Ça, ça pourrait marcher… Mais comment tu vas lui piquer sa trousse ?

Des heures passées à trouver un moyen de me donner quelque intérêt. Marie avait même demandé à sa grand-mère, qui tirait les cartes, de me prédire l'avenir. Mamie Georgette avait bien vu un garçon et de l'amour. J'avais rarement ressenti une telle joie ! Alors, c'était écrit ! Dès la rentrée, Douglas et moi vivrions une magnifique histoire, plus belle que dans les films, plus belle que toutes celles que Marie avait vécues.

10.

LE JOUR DE LA REPRISE DES COURS, il avait suffi de quelques secondes pour que mon assurance disparaisse. Je n'étais plus prête à mettre notre plan en œuvre et avais supplié Marie de ne pas insister.

— Mais tu vas pas rester comme ça !

— Je préfère, je t'assure.

— Tu sortiras jamais avec lui s'il sait pas que tu l'aimes.

— Alors tant pis.

— Laisse-moi au moins lui parler…

Elle avait essayé de me convaincre jusqu'au soir, pourtant je lui avais toujours opposé un argument pour l'empêcher d'y aller. Pareil le lendemain. Mais il était si beau… Je ne sais plus comment elle avait eu gain de cause. Je patientais sur un banc tandis qu'elle s'entretenait avec lui, l'entraînant loin de ses amis qui devaient à tout prix ignorer cette conversation. J'avais attendu la récréation entière. Au dernier moment, alors que je me préparais à remonter en classe, je l'avais vue s'approcher, son sourire en coin la trahissait.

— Je suis désolée, répondit-elle en me prenant la main. Il sait pas qui t'es, mais il voudrait bien sortir avec moi.

J'avais pleuré toutes les larmes de mon corps sur mon chagrin et sur une prise de conscience brutale. Pour la première fois, j'avais considéré Marie comme une rivale. Et le pire était de ne pouvoir la détester. En revanche, j'avais besoin de réconfort, de m'accorder une certaine valeur. Je savais que ça ne viendrait pas des autres, alors même si j'avais toujours été une excellente élève, je mis les bouchées doubles. Personne ne m'aimait ? Très bien, mais un jour, ils le regretteraient.

Je réfléchissais des jours entiers à mes rédactions. Mon professeur de français me félicitait davantage à chaque copie, celui de mathématiques louait ma précision, et ainsi de suite dans toutes les matières. Plus on m'encensait, plus Marie répétait que l'école n'avait pas d'importance pour elle, seule la danse comptait, l'art en général. Quand elle ne s'entraînait pas, elle dessinait, prenait des photos. Elle achetait des appareils jetables et mitraillait un paysage, une personne, parfois moi, en répétant qu'après sa carrière de danseuse, elle serait une photographe célèbre. Lorsque j'y pense aujourd'hui, je me dis que tout était déjà inscrit. Rester inatteignable en photographiant les autres, ou en dansant devant eux.

Curieusement, elle ne développait pas les clichés tout de suite, pouvait attendre plusieurs mois. Pour elle, le résultat comptait à peine. Moins que cette sensation de liberté qu'elle éprouvait, l'œil derrière l'objectif. Son obsession se résumait à ne pas se faire enfermer dans une case. En 4e, elle intégrerait la prestigieuse formation de l'école de l'Opéra et n'entendrait plus jamais parler du 19e arrondissement. Elle vivrait au milieu des dorures de Garnier, bercée par les musiques de Prokofiev et de Mozart, loin des cités, du rap et de ces existences médiocres.

Je la laissais parler. Son mépris ternissait ma satisfaction de réussir. J'aurais aimé qu'elle me reconnaisse ce talent, mais elle en était incapable. Il lui fallait tout et tout le monde. Son dédain avait décuplé le jour où, l'accompagnant à son cours de danse, j'avais dû remplacer au pied levé le pianiste malade. Marie avait insisté, arguant que je jouais très bien. Timide, j'avais d'abord refusé, mais devant l'insistance de la classe, je m'étais assise face au clavier. À la fin du cours, le professeur de Marie m'avait félicitée avec beaucoup de chaleur, ce qui ne lui était pas familier, et avait conseillé à mon amie de s'inspirer de ma sensibilité. Marie s'était rembrunie et, le lendemain, elle s'était assise pour la première fois loin de moi. Le froid entre nous ne dura pas longtemps, mais suffisamment pour que je comprenne qu'elle pouvait être jalouse de moi. Ce jeu de provocation s'amplifia jusqu'à l'année suivante, la fameuse année 1993, où nos vies basculèrent.

11.

TROIS NOUVEAUX APPELS et Marie ne répondait toujours pas. Peut-être dormait-elle ? Je décidai de me rendre directement chez Brigitte. Le taxi se faufilait dans les rues parisiennes. Les immeubles en pierre de taille des quartiers ouest se délabraient à mesure que l'on se dirigeait vers le nord, et les trenchs cintrés laissaient la place au wax. Place du Colonel-Fabien, avenue Mathurin-Moreau et enfin le parc. Les Buttes-Chaumont dominaient le quartier, poumon de ses rues, de ses cités sans oxygène, point de verdure au milieu du gris.

— Je vais descendre ici, dis-je.

J'avais besoin de marcher, d'errer avant de gagner les HLM de la rue du Rhin. Une vague de nostalgie déferla, noyant mon corps et mon cœur. Tout était là. Mon enfance, mon adolescence, mes doutes, mes joies, mes peines. La vie avait passé. J'entrai dans le parc par la grille de la rue Manin. Des joggeurs passèrent devant moi, concentrés sur leur effort. Je gagnai le lac à la hâte et retrouvai notre grotte. Combien de fois nous étions-nous réfugiées ici ? Enfants, nous étions persuadées qu'elle était le repaire du vampire des Buttes-Chaumont et nous jouions à celle qui resterait le plus longtemps seule derrière les grosses pierres, où son cercueil était caché. Adolescentes, nous y analysions nos conversations avec les garçons. Les bons mots avaient-ils été prononcés ? Que conviendrait-il de faire le lendemain pour séduire ou provoquer ?

C'était là aussi que nous avions consolé Aminata. Elle était à l'école avec nous depuis le primaire. Un dimanche midi, Marie m'avait appelée, paniquée, et donné rendez-vous à la grotte.

— C'est grave ?

— Oui.

J'avais enfilé un bas de jogging et couru aussi vite que possible. Là, j'avais trouvé Gloria, Nawel, Chan et Marie qui entouraient Aminata. Elle sanglotait. Je m'étais approchée doucement.

— Qu'est-ce qui se passe ?

Marie avait reculé de quelques pas pour me raconter.

Les six tantes d'Aminata étaient venues de Côte d'Ivoire pour un mariage. Toutes dormaient dans le trois-pièces de notre amie, avec maris et enfants. Ils devaient bien être une vingtaine. La fête avait eu lieu la veille et pendant les danses, Aminata avait perçu de curieux regards entre ces femmes qu'elle connaissait à peine. Elle ne voyait ses tantes qu'une fois tous les trois ans, quand elle retournait au pays. Quelque chose se préparait, elle ignorait quoi. Ce matin-là, les hommes étaient partis au café et ne restaient à la maison que les plus jeunes enfants qu'on avait mis devant des dessins animés. Aminata s'était apprêtée à descendre à son tour quand sa mère l'avait arrêtée.

Ses tantes l'avaient conduite dans la chambre de ses parents. Au sol, un drap étalé et une bassine remplie d'eau. Aminata avait commencé à se débattre, elle ne voulait pas croire à ce qui était en train de se passer, pas ici, pas en France, pas elle... Mais en quelques secondes, elle s'était retrouvée allongée nue sur le sol, ses bras retenus au-dessus de sa tête, et ses jambes écartées. « Tais-toi un peu », « arrête de crier comme ça, tu vas faire peur aux petits », « ça fera pas mal », « si tu pleures tu vas attirer la honte sur toi et sur toute la famille », scandaient ses tantes. Sa mère observait sans rien dire.

Quand la lame se planta dans sa chair, Aminata eut l'impression de mourir. La douleur était si intense, l'humiliation si ahurissante qu'elle avait fini par tourner de l'œil. Des gifles l'avaient ramenée à elle.

— Va ! Rien ne s'est passé, avait dit une de ses tantes en glissant un pagne autour du sexe mutilé de mon amie.

— Si tu crois que tu allais rester impure à côté de nous ! critiqua une autre.

— Allez, remets ta culotte, avait conclu la mère d'Aminata.

Derrière les grosses pierres de la grotte, j'avais observé mon amie, bouche bée. Un tel déferlement de violence au sein même de sa famille me heurtait si profondément que je ne savais quoi dire. J'imaginais à peine ce qu'elle avait dû ressentir, sa souffrance. Je ne pensais pas encore aux conséquences sur la vie d'Aminata, l'acte en lui-même me sidérait trop. Trahie par sa mère, mutilée par ses tantes... Comment pourrait-elle rentrer chez elle après ça ? Comment vivre sous le même toit que ces femmes ? Son père était-il au courant ? Pourquoi personne ne l'avait protégée ? Non, elle ne pourrait plus y retourner, et nous cherchions qui parmi nous serait en mesure de l'héberger. Je m'étais proposée, sans penser aux reproches de ma mère. Je voulais aller au commissariat, dénoncer cette agression, aller à l'hôpital. Je voulais que mon amie soit soignée, défendue par la société, mais les filles m'arrêtèrent net. C'était comme ça. Dans la cité, elles étaient plusieurs à avoir subi une excision à la puberté. Aminata avait simplement besoin de se sentir entourée, c'était tout ce qu'elle attendait de nous.

Soudain, elle s'était redressée.

— Et mes sœurs ? avait-elle murmuré.

Elle se promit de veiller sur elles, elle empêcherait ça. Ce fut sa seule raison valable de continuer à vivre chez ses parents. Nous étions restées plusieurs heures dans la grotte, je ne saurais dire combien. À la nuit tombée, nous étions rentrées chez nous. Folle d'inquiétude, ma mère m'avait cherchée partout. Je m'étais précipitée dans ses bras en pleurant.

— Qu'est-ce qui s'est passé ?

— Rien, je t'aime maman.

12.

Je sortis de la grotte, ébranlée par ce souvenir. Qu'était devenue Aminata ? Je n'en avais aucune idée. Je longeai le lac, les manèges. Les mêmes chevaux de bois galopaient fièrement en rond. Je décidai de me rendre devant le collège. En quelques minutes, j'étais face aux grilles. Il était presque 9 heures 30. Des élèves discutaient devant la porte. Casquette vissée sur la tête, pantalon resserré aux chevilles, tee-shirt long jusqu'aux genoux. La mode avait bien changé ! Les garçons s'habillaient à présent comme les filles des années 90. Je ne pus m'empêcher de sourire.

Les images, les phrases me revenaient par centaines, un barrage sautait dans ma mémoire. Toutes ces fois où la classe entière séchait un cours et s'entraidait pour passer au-dessus des barrières qui entouraient l'établissement. Nous riions en imaginant le professeur, seul face à des chaises vides. Allongés sur les pelouses des Buttes-Chaumont, nous faisions tourner les joints. J'observais les fumeurs, gênée, sans jamais oser y toucher. Nous parlions de tout et de rien. Je demandais à Aminata de m'apprendre à *tchiper* et elle se moquait de mes piètres performances. *Tchiper* n'était pas une technique, mais une attitude que je n'avais pas, une façon d'insulter par un simple son plus fort qu'un mot. Et le temps passait ainsi, jusqu'à ce que l'heure d'y retourner arrive. Nous escaladions alors les grilles dans l'autre sens et nous présentions comme si de rien n'était au professeur suivant, trahis par des brins d'herbe dans nos cheveux et nos yeux rouges.

Nous évoluions en troupeaux, filles d'un côté, garçons de l'autre. Nous nous tenions la main pour nous déplacer en chantant à tue-tête des airs de Mariah Carey. Ensemble, nous étions plus fortes pour affronter une violence à Bergson que je ne m'expliquais pas.

Les garçons dégrafaient les soutiens-gorge dans les couloirs, nous tripotaient sans permission et nous pouvions râler un peu, mais pas trop, parce que pour eux, nos seins étaient des invitations et aucun argument ne tenait la route face à cette évidence.

Chaque jour, des bagarres éclataient dans la cour. Les élèves s'envoyaient des morceaux de verre, des bâtons, tout ce qu'ils trouvaient. Savaient-ils seulement pourquoi ils s'affrontaient ? Je m'éloignais, terrifiée, en espérant qu'il n'y ait jamais de morts. Aucun appel au calme ne faisait le poids devant les cris d'encouragement des bandes rivales. Je reprenais tout de même espoir quand, en levant la tête, j'apercevais ceux qui jouaient au basket ou au foot. Concours de *dunks*, tirs au but, mais un peu plus loin, concours de pisse, de rots, de pets, de crachats.

C'était à celui qui viserait le plus loin et toucherait une fille.

Aux fêtes de l'école, nous assistions à des spectacles de danse incroyables. *Breakdance*, *smurf*, danse orientale, danse africaine s'enchaînaient pour nous faire oublier un temps l'âpreté de notre quotidien. Comment un tel paradoxe était-il possible ? Je n'ai jamais retrouvé depuis une telle fraternité.

Le reste du temps, pour les filles comme Marie et moi qui n'appartenaient à aucun groupe, l'objectif se résumait à éviter les ennuis. Ne pas se mêler des embrouilles, ne pas insulter les garçons réputés trop agressifs et éviter aussi leurs sœurs, leurs copines et leurs petits frères. Il suffisait d'une étincelle et une histoire éclatait. Pour aller en cours ou rentrer chez nous, nous devions contourner certaines rues, changer d'itinéraire régulièrement. Il fallait s'adapter. Nous espérions intégrer une des bandes puissantes et n'avoir plus rien à craindre, mais nous ne savions pas comment nous y prendre. Alors, nous nous contentions de ne pas faire de vagues. Comment avais-je pu oublier ces années ?

Soudain, la sonnerie du lycée retentit. Une décharge. Il fallait que je parte. Je ne voulais pas voir ces élèves qui nous avaient remplacés. Bergson devait demeurer ce repère de mon adolescence, un lieu qui m'appartenait.

Je fus bientôt devant la cité. Les bâtisses aux couleurs passées s'étiraient sur plusieurs centaines de mètres. Je retrouvais les appartements que j'observais de ma chambre. Celui de la femme battue au troisième étage face, la vieille au deuxième du bâtiment gauche qui collectionnait les aspirateurs sur son balcon sans jamais en utiliser un seul. Les petites filles du sixième droite qui jouaient à la princesse en utilisant des cuillères en guise de baguettes magiques. Les odeurs de pisse, les rats, les poubelles entassées, les ascenseurs en panne et les femmes désespérées de devoir monter cinq étages en portant enfants et courses.

J'aperçus la balançoire au milieu de l'allée goudronnée et mon cœur se serra. Elle était rouillée et en mauvais état, mais des gamins s'accrochaient encore aux pneus. Les femmes en avaient initié la construction. Elles voulaient un terrain de jeux pour les enfants, malheureusement les démarches officielles étaient trop compliquées. Alors elles avaient pris du bois, des tuyaux, des pneus, des chaînes. En les voyant si obstinées, les hommes les avaient rejointes. Ils s'étaient affairés, sous les regards émerveillés des petits qui regardaient la balançoire s'ériger peu à peu.

Je devais combattre mes émotions. Je me ressaisis en pensant à Marie, à ce que j'allais lui dire. J'étais en avance, mais à quoi bon ? Tout cela était absurde. Ce soir, je serais à Nice, je me le promis.

13.

Le couloir du quatrième étage était toujours aussi sinistre. Enfant, il me faisait peur. Je craignais qu'une porte s'ouvre et qu'un voisin m'attire de force chez lui pour ne plus jamais m'en laisser sortir.

Quand nous rentrions de l'école ensemble avec Marie et que nous le traversions, j'arrivais à contenir mes émotions, mais seule, un étau se resserrait autour de ma gorge à peine entrée dans le hall. Alors je courais, arrivant essoufflée chez elle, inventant chaque fois un prétexte pour ne pas lui dire à quel point son immeuble m'épouvantait.

Ce matin-là, le couloir était plongé dans l'obscurité. Je sonnai à la porte. Silence. Ma colère s'intensifiait. J'essayai encore, en vain. Il n'y avait personne. Où pouvait-elle bien être ? Qu'allais-je faire jusqu'à notre rendez-vous ? Viendrait-elle au moins ? Pourquoi inventer un enterrement quatre mois après la mort de sa mère ? J'étais désemparée.

Un éclair. Je me souvins de la planque de Brigitte, au cas où Marie oublierait ses clefs. Elle cachait toujours un trousseau dans le cagibi de l'étage, près du compteur électrique. Il y avait peu de chances qu'elles y soient encore, mais je ne perdais rien à vérifier... Le cagibi était plus ordonné qu'à l'époque, mais les clefs étaient bien là. Marie avait dû les oublier. Ouvrir ou pas ? Et s'il y avait quelqu'un ? Si on me voyait ? Comment justifier mon intrusion ?

Je redescendis et m'assis sur un banc. Dans la cour, des femmes avec leurs enfants, des petits vieux au dos voûté avançant à pas lents, quelques jeunes... Je commençais à me dire que rester ici ne servait à rien quand j'aperçus Adama Dorso. Il venait de passer la porte du bâtiment C. Élancé, élégant en costume gris, une mallette à la main. Je n'en croyais pas mes yeux. Qu'était devenu le grand rebelle qui terrorisait élèves et professeurs ?

Adama était entré à Bergson quand j'étais en 5e. Il ne lui avait pas fallu plus de deux semaines pour mettre tout le monde au pas. Les bandes les plus réputées avaient laissé de côté leurs mises à l'épreuve habituelles pour l'intégrer. Adama n'avait pas de groupe attitré, il était partout et nulle part à la fois, il se disait aussi libre que dangereux. Le premier qui lui barrerait la route comprendrait sa souffrance. Dès le lendemain de son entrée au collège, il avait choisi des cibles faciles pour marquer les esprits. Chaque jour, il attrapait un 6e par le col et l'obligeait à faire ses lacets, lui hurlant dessus quand c'était trop ou pas assez serré, puis le bousculait jusqu'à ce qu'il tombe. Voilà pour le respect. Ensuite, il y eut l'admiration. Il sidéra la cour entière en enregistrant un *dunk* incroyable, s'élançant comme un tigre sur sa proie, serrant le ballon des deux mains, s'élevant jusqu'au centre du tableau, et il avait enfoncé la balle dans le filet de toutes ses forces, cassant le panier.

Un moment de flottement, puis les applaudissements s'étaient répandus comme des vagues. De marbre, Adama Dorso avait ramassé sa balle et était parti. On le surnomma Shaq', en référence à Shaquille O'Neal, le basketteur qui avait brisé un panneau de verre face aux Nets lors d'un match NBA, marquant les esprits à jamais. Depuis des mois, mais surtout après les J.O. de Barcelone et l'avènement de la Dream Team, le basket était devenu le sport le plus populaire chez nous. Sans Jordan ou Nike Air Force aux pieds et ballon dans leur sac, les garçons avaient moins de crédit.

Adama Dorso était très beau. Un immense Malien au corps musclé par des années de sport et un sourire qui laissait apparaître des dents d'une blancheur immaculée. Il avait de longues mains fines et lorsqu'il riait, il semblait devenir quelqu'un d'autre, plus doux. On oubliait la racaille redoutée. La première fois que je m'étais retrouvée face à lui, ce fut comme une apparition.

J'en avais parlé à Marie, qui m'avait avoué que cette fois, il valait mieux ne pas trop espérer. Selon elle, Adama Dorso était dangereux, et il insultait les filles qui avaient des relations avec des garçons, principalement les musulmanes. Celles qui se donnaient n'étaient que des « putes » qu'il faudrait punir tôt ou tard. Mais cette virilité machiste ne faisait qu'attiser mon envie.

Adama Dorso s'asseyait seul, au fond de la classe, et ne parlait à personne. Au bout de quelques semaines, comme à son habitude, le professeur avait fait l'appel en début de classe.

— Dorso Adama ?

— Non.

— Comment ça, non ?

— C'est Adama Abdallah Abdellaziz Mohammedine Dorso maintenant.

Le professeur s'était redressé et, malgré toute l'assurance qu'il avait essayé de se donner, sa voix avait soudain paru fluette.

— Sur ma fiche, il est écrit Adama Dorso…

Adama s'était déplacé vers l'estrade et avait posé ses mains sur le bureau.

— Maintenant, c'est Adama Abdallah Abdellaziz Mohammedine Dorso, et pas autre chose.

Silence. La tension nous avait serré la gorge, et le professeur avait cédé. Adama était retourné s'asseoir sans regarder personne et, d'un geste de la main, avait invité l'enseignant à reprendre son appel.

Adama ne s'était pas arrêté là. Chaque fois qu'un professeur l'interrogeait en le nommant « Dorso », comme il le faisait avec chacun de nous, Adama le reprenait, l'obligeant à prononcer l'intégralité de son patronyme. Il avait commencé à fréquenter une des mosquées du quartier et tenait à montrer au monde sa piété. Son prénom devait en être la preuve.

14.

— Adama Abdallah ! Adama Abdallah ! me décidai-je à crier, la voix tremblante.

Il se retourna et fronça les sourcils en m'observant.

— Miss Pussycat ! C'est toi ?

J'éclatai de rire. Pussycat ! Comme la marque de vêtements que je préférais adolescente. Cela faisait bien longtemps que plus personne ne m'avait surnommée ainsi !

— Tu sais, tu peux m'appeler Adama, c'est fini ces histoires.

— T'as arrêté de croire en Dieu ? me moquai-je.

— Non, mais c'est mon business interne maintenant !

Il semblait vraiment heureux de me revoir. Il me raconta qu'il avait créé une société de communication, qu'il gagnait bien sa vie. Chaque matin, il passait voir sa mère à la cité avant d'aller au travail. Il était marié et avait un fils dont il me montra la photo sur son iPhone. Il me donna des nouvelles de Nawel, qui avait épousé Abderhahmane et avait quatre enfants, Aminata était repartie en Côte d'Ivoire et avait monté une association pour lutter contre l'excision. Il me dit aussi que le sort avait puni Hassen de ce qu'il m'avait fait : il s'était marié avec une mégère qui passait son temps à hurler et l'avait déjà frappé.

Hassen. Entendre prononcer son nom me glaça. Je me souvenais parfaitement de l'humiliation qu'il m'avait infligée.

En attendant l'arrivée d'un professeur pour entrer en classe, les moqueries fusaient, on riait, on se bousculait. Soudain, Hassen m'avait appelée. Je m'étais approchée d'un pas timide, quand soudain il m'avait attirée vers lui et m'avait embrassée avant d'éclater de rire. J'avais couru me réfugier dans les toilettes, abasourdie. La brûlure de ses lèvres sur les miennes, son expression conquérante. Ma fureur. Ma déception. Marie n'avait pas tardé à me rejoindre, le traitant de tous les noms et tentant de prendre la chose du bon côté : au moins, maintenant, je pouvais dire qu'un garçon m'avait « roulé une pelle ». Mais ça ne m'avait pas consolée. Mon premier baiser, je l'avais imaginé romantique, pas comme une mauvaise plaisanterie ou un pari fumeux devant toute la classe.

Pendant des semaines, je n'avais plus parlé à personne, à part Marie, restant en classe pendant les pauses de peur qu'Hassen recommence. Un soir, en rentrant, je l'avais aperçu et m'étais figée. Marie avait pris ma main. Mais quand nous étions passées devant lui, il avait baissé la tête pour cacher un énorme bleu sur sa pommette.

— C'était moi..., avoua Adama, honteux.

— Comment ça, c'était toi ?

— Franchement, ça se faisait pas ce qu'il t'avait fait ! On n'embrasse pas une fille de force.

— C'est toi qui l'as frappé au visage ?

— Pas qu'au visage, Pussycat ! Mais le reste, ça se voyait pas !

Il se remit à rire. Alors, c'était cette terreur qui me parlait à peine qui m'avait défendue.

— De toute façon maintenant, ça compte plus ! avoua-t-il avant de se lancer dans une explication qui acheva de me sidérer.

À l'époque, non seulement Adama Dorso m'avait remarquée, mais en plus, il m'aimait bien.

— Mais bon, une première de la classe, feuj en plus, ça faisait trop, tu comprends ?

Je ris à mon tour.

— On était cons, qu'est-ce que tu veux ! ajouta-t-il.

— Tu aurais dû me le dire.

— Pourquoi ?

— Parce que c'était réciproque !

— Ah bon ?

Il me fixa quelques instants en silence et me sourit. Puis me demanda :

— Qu'est-ce que tu fais là ? T'es quand même pas venue pour m'avouer que t'étais amoureuse de moi y'a plus de vingt ans ?

— Non !

Je lui racontai toute l'histoire. Mon départ pour Nice, des années auparavant, et l'appel de Marie, la veille, m'annonçant la mort de Brigitte. Je lui dis que je m'inquiétais pour elle. Pour la première fois depuis deux jours, j'avais admis que le sort de Marie m'importait. L'élastique encore et toujours, qui, quel que soit l'éloignement, me ramenait vers elle… En réalité, Marie serait à jamais dans ma vie. Elle avait été là aux moments décisifs de mon enfance et chercher à la renier était vain. Pour me faire comprendre que j'avais mis dans le mille, mon corps m'envoya une belle décharge dans le bas du ventre, et j'eus l'impression de me déchirer.

Marie… Il fallait que je la retrouve et la douleur cesserait, m'étais-je rassurée. Totalement irrationnel, mais j'avais l'impression qu'elle seule pourrait réparer ma blessure. Ce n'était pas elle que je sauverais en la revoyant, mais moi. Douleur plus aiguë encore. Le mal réveillait ma conscience. J'étais coupable, et je le savais. J'avais eu beau me convaincre que tout ce que j'avais fait n'était pas à l'origine de sa dérive, ma responsabilité me revenait en pleine face. Ma faute. Et aujourd'hui, rien n'allait dans ma vie parce que j'étais coupable.

— Tout va bien, Anaïs ? me demanda soudain Adama.

— Oui… Pourquoi ?

— Tu es toute pâle.

— Non, ça va…

— Tu devrais t'asseoir, ce que je vais te dire risque de ne pas te plaire…

— Comment ça ?

— Marie… Elle est devenue franchement bizarre.

Il me raconta que, du jour au lendemain, Marie était partie et n'était revenue qu'à la mort de sa mère. Elle s'enfermait chez elle, ne descendait que lorsqu'une bagarre entre jeunes éclatait pour y mettre un terme. On l'avait surnommée la « vigile ». Elle ne faisait peur à personne, mais force était de constater qu'elle était « casse-couilles », pour reprendre les termes d'Adama. On ne la voyait jamais faire de courses, ni recevoir des amis. Elle ne parlait à personne.

La « vigile » ? Qu'avait-il pu se passer pour qu'elle se transforme ainsi ? Je comprenais mieux l'angoisse d'Édouard. Il avait raison, ça ne collait pas.

Adama jeta un œil à sa montre et s'excusa de devoir partir. Nous échangeâmes nos numéros en nous promettant de nous donner des nouvelles. Ni lui ni moi ne le ferions, mais c'était le signe que nous venions de passer un moment spécial. Je le regardai disparaître à travers les grilles, puis levai les yeux vers l'appartement de Brigitte et Marie, aussi terrorisée qu'inquiète, comme une mouche sur laquelle se referme une plante carnivore.

15.

Un homme m'interpella d'une fenêtre, cigarette au bec.

— Vous êtes Anaïs, pas vrai ?

Je me figeai. Qui était-ce ? D'où me connaissait-il ?

— Attendez-moi, je descends.

J'hésitai à partir, mais la curiosité l'emporta.

— Je suis Jordan, j'étais marié avec Marie, fit-il deux minutes plus tard en me tendant la main.

Cheveux coupés à ras, jogging et visage buriné.

— Elle m'a souvent parlé de vous quand on vivait ensemble… Je vous ai reconnue des photos.

Il m'avait observée depuis mon arrivée dans la cour. Il perdait des heures à regarder ce qui s'y passait, comme tout le monde. Il m'expliqua qu'il guettait Marie depuis des jours, en vain. Elle l'ignorait et, lui aussi, il s'inquiétait. Des cernes creusaient son visage. Un sentiment de lassitude m'envahit. Comment parvenait-elle à torturer tous ceux qui tenaient à elle ? Jordan proposa d'aller prendre un café, on avait des choses à se dire.

Nous nous installâmes à une table au fond du café qui faisait l'angle entre la rue du Rhin et la rue de Meaux, *Les Petits Meaux*. L'état du lieu n'inspirait pourtant pas que de petits maux. En quelques phrases saisies au vol, je compris que les cinq clients accoudés au bar étaient au chômage et tentaient d'oublier les dégâts de leur infortune grâce à des doses importantes de pastis. Vu leur état, ils n'en étaient pas au premier. La table, le sol, les rideaux, tout était sale, dans un camaïeu verdâtre. La banquette de skaï était déchirée, laissant échapper des boules de mousse. Sur l'épaule du barman pendait un torchon raidi par la crasse avec lequel il essuyait tour à tour le zinc et son front transpirant. Jordan ne semblait pas prêter attention à ces détails qui me dégoûtaient. Il commanda un crème et des tartines qu'il dévora sitôt servies.

— J'suis désolé, j'ai rien bouffé depuis hier matin…

Il s'essuya la bouche du revers de la manche et soupira.

— Vous savez, Marie, c'est la seule femme que j'aie aimée.

Il me fixa un instant dans les yeux et se mit à pleurer. Encore un qu'elle avait détruit. Je lui tendis un paquet de Kleenex.

— J'essayais juste de la rendre heureuse. Mais Marie, elle voulait les choses en grand. Vivre à la mer, être riche et célèbre, la belle vie quoi !

C'était bien Marie, ça… Comme si vivre à la mer sans problèmes d'argent suffisait à rendre heureux… J'étais bien placée pour savoir que ce n'était pas le cas.

— Pourtant, je vous jure, j'gagne bien, mais plombier pour elle, c'était naze… Elle aurait voulu que je sois médecin ou avocat, enfin un truc qui ait de la classe.

Il me faisait de la peine. Il continua à me raconter les rêves de mon amie. Il n'avait pas eu d'arguments pour la retenir. Il m'expliqua qu'il lui avait conseillé d'aller voir un médecin « pour la tête ».

— Parce que des crises comme ça, même si elles me donnaient de l'importance à moi, c'était trop dur franchement. J'avais peur qu'à force, elle aille trop mal.

Parfois, elle ne mangeait pas pendant plusieurs jours, pleurait pour un rien. Elle disait qu'elle regrettait de l'avoir épousé, d'avoir eu Constant, que les gens étaient tous des égoïstes et que la vie, c'était de la merde.

— Et vous, pourquoi vous êtes là ? me demanda-t-il enfin.

— C'est une longue histoire.

— Elle vous a posé un lapin, c'est ça ?

— On dirait. Nous avions rendez-vous chez elle, mais il n'y a personne.

Il ravala un sanglot.

— Je sais qu'il s'est passé quelque chose quand vous étiez gosses, finit-il par lâcher. Un truc grave.

Je me figeai aussitôt.

— Elle a jamais voulu me raconter, mais je sais, insista-t-il.

— Vous savez quoi ? demandai-je d'un ton plus agressif que je ne l'aurais souhaité.

— Valentin, c'est un ex qui lui a fait du mal au collège, pas vrai ?

Mes mains se glacèrent. Valentin. Des années que je n'avais ni entendu, ni prononcé ce prénom.

L'accident dont on ne devait jamais parler. C'était le pacte. Le drame avait fait trop de dégâts. 1993 devait disparaître.

— Pourquoi vous me demandez ça ?

— Parce que ce type, si je l'attrape, je le bute. Il a flingué Marie.

Je sentis le poids sur mes épaules s'alléger. Jordan n'avait rien compris. Et je n'avais aucune intention de ressasser cette histoire qui me rongeait encore vingt ans plus tard. Je n'en pouvais plus. J'avais essayé de le rassurer : j'allais retrouver Marie. Je lui promis de lui donner des nouvelles dès que je serais avec elle. Il paya les cafés et nous nous séparâmes. Cet échange m'avait ébranlée. Valentin… Tout tournait encore autour de cette histoire. Mais que pouvait-elle y faire ? Et moi, quelle solution, quels mots trouver ? Aucun. Ça ne changerait rien. C'était un accident.

16.

Je marchais droit devant moi, espérant me réveiller de cette torpeur. Bientôt, mon cœur se serra : j'étais face au gymnase de l'avenue Jean-Jaurès, là où Mehdi s'entraînait. Depuis qu'il était parti vivre en Thaïlande, nous n'avions presque plus de contacts. Ce n'était pas que je ne voulais pas, mais je savais pourquoi il avait eu besoin de s'éloigner. Il avait rompu ses liens avec la France, avec sa famille et avec tout ce qui pouvait le ramener à son enfance. Comme j'en faisais partie, j'avais décidé de ne pas m'imposer.

Après Marie, Mehdi était mon ami le plus proche. Aussi exclusifs l'un que l'autre, ils ne s'entendaient pas. J'avais rencontré Mehdi en primaire. Mon héros. Celui qui avait récupéré les chaussures qu'un grand de CM2 m'avait volées. Dès lors, nous ne nous étions plus quittés.

Pour surmonter ce qu'il subissait chez lui, il s'était mis à la boxe très tôt. Chaque soir, il cognait inlassablement dans le même sac de cuir. Souvent, j'allais l'observer, quand Marie était à son cours de danse. Nous ne nous parlions pas, mais à sa manière de frapper, je devinais son état. Je crois qu'il n'a jamais perdu un seul combat. Même quand la vie s'acharnait sur lui et qu'il n'en pouvait plus.

Il me manquait. Nous avions fui, Marie, Mehdi et moi. Était-ce ce quartier qui nous y avait poussés ? Pourquoi n'étions-nous pas comme ceux qui y étaient restés ? Qu'avions-nous de différent ? Ma solitude me pesait. J'aimais un homme à qui je n'osais pas dire que j'étais en train de perdre notre enfant, je ne parlais plus à Marie et pourtant, j'étais là, incapable d'être indifférente à son sort, tout comme à celui de Mehdi. Depuis eux, je n'étais pas parvenue à me faire de vrais amis.

10 heures 17, où était-elle, bon sang ? Qu'allais-je faire jusqu'à 13 heures ? Il y avait bien un indice quelque part. Je repensai au trousseau de clefs près du compteur électrique. Je n'avais nulle part où aller. J'avais froid… Mais entrer sans autorisation ? Je ne pouvais pas faire ça. Je piétinais.

Je saisis mon portable pour appeler Solal. Une envie soudaine d'entendre sa voix, sentir sa tendresse, son amour. Mais la situation me sembla tout à coup trop compliquée à expliquer. Que faire ? Tant pis pour les bonnes manières. Il fallait que je retrouve Marie, que je tire cette histoire d'enterrement au clair. Ensuite, je rentrerais chez moi.

17.

Hésitant sur le pas de la porte, j'essayai une dernière fois de la joindre. Son silence acheva de me convaincre.

Il y avait toujours cette odeur dans leur petit deux-pièces. Je n'avais jamais su dire si elle était agréable ou pas. C'était la leur. Les mêmes meubles aux mêmes endroits. L'étroite cuisine sur la gauche et le carreau cassé au-dessus des plaques, le salon où dormait Brigitte, avec ses rideaux de velours.

Pourtant quelque chose semblait différent. Tout était propre et bien rangé. Aucun magazine ni aucune canette de bière sur la table basse, pas de sous-vêtements sur le sol. Brigitte avait disparu et son foutoir avec elle. Était-ce cela qui me donnait ce sentiment étrange ?

Je m'assis sur le canapé. Une immense fatigue me submergea. Je sentais revenir les larmes et je n'étais pas prête à céder. Si j'en laissais une s'échapper, impossible de contrôler le flux. Soudain, j'avais dix ans. Je m'enfonçai dans le clic-clac abîmé de Brigitte et je paniquai. Comme si m'enliser là me condamnait à la même existence sordide qu'elle.

Je bondis pour me diriger vers la chambre de Marie. Quand j'ouvris la porte, la surprise me stoppa net. Des dizaines de cartons occupaient presque toute la pièce. Je retournai sur mes pas dans le salon et pris le temps de mieux observer l'appartement. L'impression d'étrangeté venait des meubles vides. Je m'en étonnai. Ni Édouard ni Jordan ne m'avaient parlé d'un déménagement en préparation.

J'essayai de récapituler. Marie m'avait fait venir, s'était engagée à assister au mariage d'Édouard et pourtant, elle était partie. Elle avait sûrement voulu rassurer son entourage pour mieux filer en douce. Peut-être était-elle déjà à l'autre bout du monde et je m'entêtais à remuer le passé pour rien. Comme d'habitude, elle avait décidé de tout.

J'eus un vertige. Je me précipitai dans la salle de bains pour me passer de l'eau sur le visage, me cramponnant au lavabo, puis je m'assis tant bien que mal sur les toilettes, dont la lunette était cassée. Le calcaire avait mangé une bonne partie de la robinetterie et l'eau coulait dans un bruit désagréable. Il n'y avait aucune serviette de bain, aucun produit d'hygiène.

À mes pieds quelque chose attira mon attention. Dans la poubelle, au milieu des cotons-tiges, des bouteilles d'alcool à 90° et de tout ce qu'avait pu contenir l'armoire à pharmacie, je découvris une boîte de médicaments. Je pris le carton et mon cœur se pinça. La Paroxétine. L'antidépresseur que ma mère avait pris toute sa vie. Avait-il été utile ? Difficile à dire. Je m'étais souvent demandé ce que ça aurait été si ma mère n'avait pas eu de traitement... Quoi qu'il en soit, elle s'était shootée pendant près de trente ans et ce nom, Paroxétine, sur cette petite boîte, ne me disait rien qui vaille.

Je l'ouvris. Elle était presque pleine. Je me souvins alors de ce que m'avait raconté Édouard à propos de Brigitte. Sa dépression après sa dispute avec Marie, avant le cancer. Toute sa vie, elle avait tenté de lutter contre sa fragilité à coups de cigarettes et de whisky… Il ne manquait que les antidépresseurs. Des excès qui n'avaient jamais comblé le vide qui avait fini par l'engloutir. Désolée, je retournai dans la chambre de Marie.

Il n'y avait aucun nom sur les cartons. J'en ouvris un au hasard. Livres, vêtements, tout était entassé à la va-vite. Pourquoi ? J'en ouvris un autre, même chose. Je tournai sur moi-même dans cette petite chambre pleine à craquer et me laissai glisser sur le sol, le dos collé à la fenêtre. Je n'avais plus envie de regarder la cité ni que le soleil me trompe, me baignant de lumière alors que tout autour de moi était terne.

Sous le bureau, j'aperçus une grande boîte à chaussures qui avait dû contenir des bottes. Je ne saurais pas dire pourquoi, mais elle m'intrigua aussitôt.

18.

En soulevant le couvercle, j'eus un choc. Toute notre histoire. Nos photos de classe, nos anciens agendas scolaires, quelques vieux appareils photo jetables, nos rédactions. Plus d'une décennie de ma vie était soigneusement rangée là. Je n'en revenais pas que Marie ait tout gardé avec tant de précaution. Il y avait mes agendas de 6e et de 5e, tous ceux de Marie à l'exception de l'année 92/93. Peut-être me l'avait-elle confié et je l'avais perdu. Les mots que nous nous écrivions entre filles m'attendrirent.

T'es vraiment une meuf super.
Kiss baveux (avec un dessin)
Océane

Trop aimé ce que t'as dit en anglais, t'es dans mes best. Auriane

Ridicules et si sincères à la fois. Quête d'amitié, d'amour et de sens. En quelques lignes notre malaise adolescent apparaissait. Nous affrontions les changements ingrats de nos corps, et la solitude que cela entraînait nous terrorisait, alors nous nous donnions l'illusion d'une solidarité, d'amitiés qui dureraient toujours... Vingt-cinq ans plus tard, l'acné avait disparu, mais les doutes m'assaillaient encore, et dans mon quotidien d'adulte, il n'y avait plus personne pour m'écrire un gentil mot dans mon carnet.

Au-dessous des agendas, une copie. C'était une de mes rédactions, écrite à la main sur du papier à carreaux. J'avais eu 16 sur 20, « devoir excellent », avait commenté l'enseignant. Le sujet était : « Décrivez un monde meilleur selon vous. » Je me souvins que le professeur avait lu mon travail à haute voix, et Marie m'avait demandé si elle pouvait le conserver. J'avais complètement oublié.

J'ouvris bientôt l'agenda de 4e de Marie. Sur des dizaines de pages s'étalait notre « correspondance Jean-Jacques Goldman ». Marie était fan et m'avait convertie. Bien sûr, dans l'enceinte du collège, nous montrions notre savoir en matière de rap, parfois de reggae, mais une fois seules à la maison, à l'abri dans nos chambres, quand nous laissions s'exprimer nos rêves et nos peurs, c'était la musique de Jean-Jacques Goldman qui résonnait. Ses textes nous transportaient et, lorsque nous cherchions à nous adresser l'une à l'autre avec plus de profondeur, nous empruntions ses mots. Selon nos humeurs, nous nous répondions avec les paroles de ses chansons que nous connaissions par cœur.

Samedi 2 juillet, j'avais commencé :

J'accepterais la douleur, d'accord aussi pour la peur. Je connais les conséquences et tant pis pour les pleurs. Tout mais pas l'indifférence.

Marie m'avait répondu :

Vois-tu je suis de ceux que la foule rassure, on ne peut être rien que parmi des milliers. « Has been » avant d'avoir été, c'est un peu dur, ma vie, tout l'monde aurait si bien pu s'en passer.

J'avais enchaîné :

Je garderai la blessure. Au fond de moi, tout au fond. Mais au-dessus je te jure, que j'effacerai ton nom. J'irai au bout de mes rêves.

Marie avait conclu :

Envole-moi, tire-moi de là ! Montre-moi ces autres vies que je ne sais pas ! Envole-moi ! Regarde-moi bien, je ne leur ressemble pas ! Me laisse pas là, envole-moi ! Avec ou sans toi, je n'finirai pas comme ça !

Incroyable comme ces phrases nous résumaient. Elles nous racontaient aujourd'hui encore à la perfection. Marie avait toujours demandé mon aide et aspiré à s'envoler vers un autre destin, quand je ne craignais qu'indifférence et échec. Je refermai l'agenda, ébranlée.

En fouillant encore, je mis la main sur quelques photos de classe. Je m'arrêtai un long moment sur celle de notre entrée en 5e.

Des visages me revenaient, parfois sans noms. Je repensai à nos professeurs qui nous avaient enseigné une matière une année entière, voire plus, puis avaient disparu à jamais de notre vie. Certains m'avaient laissé des marques indélébiles, d'autres avaient sombré dans l'oubli.

19.

Sur la photo de l'entrée en 4e, Marie se tenait face à l'objectif, sourire jusqu'aux oreilles. Elle s'était fait des boucles avec un fer à friser. Elle rentrait de Perpignan et ses cheveux d'un blond presque platine m'hypnotisaient. Ses lèvres brillaient. Nous nous étions étalé du gloss quelques secondes avant que le photographe nous place, moi assise sur le banc de devant avec les « petites tailles », elle derrière avec « les grands ». Elle portait un mini-short noir, très à la mode cette année-là, que je lui jalousais.

Ma mère avait refusé de m'en acheter car, selon elle, ma morphologie ne s'y prêtait pas. « La mode, c'est porter ce qui nous va, pas copier bêtement les magazines », répétait-elle. Aujourd'hui, je sais qu'elle avait raison, mais à l'époque, je vivais un drame. Marie m'avait donc prêté son short que j'avais fermé avec difficulté. Je m'attendais à recevoir les mêmes compliments qu'elle quand nous avions croisé des garçons.

— Pas mal ce short avec tes bonnes cuisses bien graisseuses, m'avait lancé le chef de la bande.

Je m'étais sentie défaillir. Je n'avais pas su quoi faire. Il était trop tard pour retourner me changer chez moi et je m'étais demandé comment j'allais tenir toute une journée dans ce vêtement dont je me sentais soudain prisonnière. J'avais longé les murs, caché mes jambes derrière mon sac à dos, m'étais assise dans le fond de la classe et, des heures durant, j'avais sué à grosses gouttes chaque fois qu'un regard s'était posé sur moi, persuadée que « mes bonnes cuisses bien graisseuses » étaient l'objet de moqueries continuelles.

Marie avait ri à cette remarque et je n'avais pas osé lui demander si c'était pour ne pas vexer les garçons ou parce qu'elle était d'accord avec eux. Pourquoi m'avait-elle laissée me ridiculiser ? Pourquoi ne pas m'avoir dit que ce short ne m'allait pas ? Difficile après cet épisode de lui faire confiance. Nous oscillions entre amour et rivalité sans jamais nous l'avouer. Je nc savais même pas si, avant mon départ en 1993, l'année de notre 3e, j'en avais conscience.

J'allais reposer la photo quand le visage de Mehdi attira mon attention. Ses traits avaient toujours été durs, en total contraste avec son regard perdu. Il se tenait au bout de la rangée des « grands », l'air absent. Je crois que c'était à ce moment-là que son frère aîné était parti en Irak s'engager dans la « guerre sainte ».

Pendant des années, Mehdi avait été pour moi un garçon fiable mais silencieux. Je savais que je pouvais compter sur lui en cas de problème, il connaissait tout le quartier. Il avait trois frères et deux sœurs. La seule chose qui l'intéressait, c'était la boxe. De nature plutôt chétive, il avait réussi à se forger un corps d'une robustesse qui forçait l'admiration.

Plusieurs fois son entraîneur avait souhaité l'inscrire à des compétitions nationales, pourtant Mehdi avait refusé. La lumière ne l'intéressait pas, au contraire. Pour lui, la discrétion, l'humilité étaient les seuls attributs qui vous permettaient de vous en sortir dans la vie. J'avais essayé à de nombreuses reprises de le convaincre du contraire, de lui montrer qu'une carrière de boxeur pourrait le mener loin et lui permettre de quitter le quartier, mais il avait coupé court à nos conversations.

— Tu peux pas comprendre, me répétait-il.

Un soir, j'avais assisté à un entraînement qui avait dégénéré. Il s'était mis à taper dans le sac jusqu'à s'ouvrir les mains. Son entraîneur avait essayé de le calmer mais Mehdi n'entendait plus personne. Le coach avait dû s'y reprendre à trois fois pour l'immobiliser. Dans le vestiaire, Mehdi était recroquevillé sur un banc. Il suffoquait et je crois que, pendant un bon moment, il n'avait pas perçu ma présence. J'avais fini par lui prendre la main et il avait levé les yeux vers moi.

— Il va s'en prendre au petit, avait-il murmuré.

— Quel petit ? De qui tu parles ?

— Maintenant qu'avec moi, c'est mort, il va s'en prendre au petit ! avait-il hurlé, provoquant un nouveau sanglot.

— Mehdi, je comprends pas…

— J'ai juste voulu me défendre…

Déconcertée, je l'avais pris dans mes bras.

— Tu peux me parler, tu sais.

Cette phrase avait suffi et, pour la première fois depuis notre enfance, Mehdi m'avait raconté son calvaire. Son oncle avait abusé de lui depuis son plus jeune âge. Pour se défendre, il s'était mis à la boxe et ça avait fini par payer. J'avais eu du mal à encaisser, à imaginer qu'en face de chez moi, mon ami était une victime. J'avais beau l'écouter, mon cerveau n'acceptait pas cette information.

Au bout d'un moment, je lui avais demandé pourquoi ses parents ne l'avaient pas aidé. Il avait eu un sourire triste. Ces abus n'étaient qu'une partie du problème. Son père était un chômeur alcoolique, sa mère, un être mutique, cachée derrière les casseroles de sa cuisine. Quelques années plus tôt, son frère aîné avait trouvé refuge dans la religion. Samy avait toujours été timide, voire renfermé. Un été, il était parti en colonie de vacances avec les Frères musulmans et il avait fait des rencontres qui avaient changé sa vie. Il s'était mis à porter le qamis, à utiliser un vocabulaire différent, à prier. Pour lui, « être dans le *din* » était devenu l'essence de son quotidien. Chaque habitude était sujette à des remises en question. Porter des lunettes était-il acceptable ? Pouvait-il mettre un manteau par-dessus son qamis ?

Samy n'était plus sûr de rien et, à la fois, toutes ces incertitudes, qui ne trouvaient réponse que dans un seul livre, le rassuraient. « Le Livre » était la source de tout. Samy était sûr de détenir enfin *la* vérité. Chez eux, il terrorisait tout le monde, cassant les bouteilles d'alcool du père, interdisant à ses frères et sœurs d'écouter de la musique, vérifiant les tenues de ses sœurs.

— Il se croit en Arabie ! Bientôt il va interdire à ma mère de sortir ! C'est un fou !

— Attends, le fantôme, c'est ta sœur ? m'étais-je étonnée, craignant la réponse.

Depuis quelques mois, une femme évoluait dans le quartier en burqa. Personne n'avait jamais vu ça, et elle nous faisait peur. Mehdi s'était contenté de hocher la tête. Je n'en revenais pas. Il était avec nous quand nous l'appelions ainsi, il ne s'y était jamais opposé, avait même ri avec nous.

— Pourquoi t'as rien dit ? avais-je fini par demander.

— Parce que c'est vrai. Yasmine est devenue un fantôme.

Il m'avait ensuite raconté les longues explications dans lesquelles son frère Samy se lançait chaque soir, destinées à éveiller les consciences sur l'oppression des musulmans en France et en Occident en général. Il cherchait à montrer combien seule l'union d'un grand peuple oriental guidé par les lois du Coran était la solution.

— Le problème, c'est que jouer à l'imam, ça lui a plus suffi.

Embrigadé dans différents groupes religieux, Samy s'était laissé convaincre de la justesse de l'islam politique. Il cherchait à trouver un moyen de se rendre utile en devenant lui-même un guerrier. Je n'avais pas compris de quoi il s'agissait, mais Mehdi avait peur. Il craignait pour la vie de son frère, pour la sienne aussi, s'il ne rentrait pas dans le moule que ce dernier cherchait à imposer à la famille. Je lui avais promis que je serais là et qu'il y aurait toujours une place pour lui chez moi.

— Et tes parents ? Ils voudront bien que je vienne ?

— T'inquiète pas. Tu peux me faire confiance.

— Mais et toi ? Ça te fait pas peur ?

Sur le coup, je n'avais pas compris. Mehdi m'avait alors fait remarquer que j'étais juive, ce qui signifiait une ennemie pour Samy.

— Non, j'ai pas peur, avais-je menti.

Après cet épisode, nous avions évité d'en reparler. Quand nous croisions Yasmine dans la rue, je ne l'appelais plus le fantôme. J'étais persuadée que le temps jouerait en faveur de Mehdi et de la raison, mais je m'étais trompée. Quelques mois plus tard, Samy était parti en Irak pour suivre une « formation ». À son retour, il était devenu recruteur pour le djihad dans notre quartier. Il avait fini par se faire prendre et avait été déféré à Fleury-Mérogis pour une peine minimale de dix ans. Chez Mehdi, les choses n'avaient fait qu'empirer : une partie de la fratrie soutenait Samy, l'autre lui était farouchement opposée, si bien que les moments en famille étaient devenus un cauchemar. Le père s'éloignait chaque jour un peu plus de l'emploi et la mère avait, elle aussi, adopté la burqa. Nous étions restés proches, Mehdi et moi, mais bientôt j'entrai en prépa avant d'intégrer une « grande école ». Une distance s'était créée de façon naturelle : j'étais moins dans le quartier, j'avais du travail. Mehdi ne m'avait jamais adressé de reproches, mais un jour, il était passé me voir et m'avait annoncé qu'il allait partir.

— Comment ça, partir ?

— Je vais vivre en Thaïlande.

— En Thaïlande ?

— Oui. Je vais m'occuper des activités sportives d'un club de vacances.

— Mais… Pour combien de temps ?

— Pour toujours.

J'étais stupéfaite.

— Enfin, tu as pensé à ta famille ?

— Justement, j'en peux plus.

Je n'avais rien trouvé à répondre. Je lui avais promis de l'accompagner à l'aéroport. Je lui avais aussi proposé de l'argent. Je n'en avais pas beaucoup, mais toujours plus que lui. Il avait refusé. Au moment de nous dire au revoir dans le hall des départs, je n'avais pas résisté à lui demander s'il était vraiment sûr de son choix.

— Tu sais, Anaïs, on a beau partir au bout du monde, on disparaît jamais vraiment…

Puis il avait pris son sac à dos et passé les barrières de la douane.

Depuis ce jour, plus de quinze années auparavant, nous nous appelions une fois par an. Il ne reviendrait plus jamais en France. Trop lourd, trop douloureux. Notre quotidien avait beau faire de nous des étrangers, nos voix ravivaient toujours notre proximité à nouveau intacte. Mehdi adorait la vie qu'il menait en Asie. Jamais il n'évoquait sa famille. Samy devait être sorti de prison depuis le temps, mais je n'avais pas demandé.

Mehdi ne s'était jamais marié et je ne lui connaissais pas d'aventures sérieuses. Il se consacrait à la boxe, au sport en général, et était devenu bouddhiste. Il était incapable de prévoir quoi que ce soit, s'en remettait à l'instant présent et me parlait des bienfaits de la méditation. Il me racontait qu'il jardinait, fasciné par le simple fait de voir pousser ses légumes. Cette vie simple, en communion avec son corps et la nature, lui convenait. Je me demandais comment ça pouvait lui suffire et, à la fois, je l'enviais. Il était loin du passé, loin de la cité. Peut-être aurais-je dû faire comme lui, ne jamais revenir ici ?

20.

SEULE CHEZ MARIE, face au vide que provoquaient en moi ces réminiscences, je ressentis un besoin urgent de lui parler. J'avais besoin d'entendre sa voix. Je calculai l'heure en Thaïlande. Chez Mehdi, la journée touchait à sa fin : c'était le bon moment.

Il décrocha dès la seconde sonnerie. Au son de ma voix, il comprit tout de suite que quelque chose n'allait pas. Pourtant, j'étais incapable de lui expliquer. Je trouvais soudain toute cette histoire stupide. Marie mentant sur les funérailles de sa mère et moi, en manque d'enfant, partie à sa recherche, en pleurs dans un appartement vide.

— Pourquoi on n'est pas normaux ? finis-je par demander.

— Normaux ?

— Oui ! Pourquoi nos vies sont si nulles ?

Au bout du fil, Mehdi soupira.

— La normalité, Anaïs, ça n'existe pas.

— Non, en fait c'est pas tant de pas être normale… C'est juste qu'on n'a rien eu de ce dont on rêvait…

— Tu connais beaucoup de gens qui ont ça ?

— Je sais pas… Tu te rappelles Nawel, au collège ? Elle était dans ta classe. Bah, elle est mariée, elle a des gosses… Elle en rêvait…

— Ah ouais ? Son mari est gay, tout le monde le sait et c'est remonté jusqu'ici ! C'est ça que t'envies ? Qu'est-ce que tu me fais là ?

— Je sais pas…

Adama s'était bien gardé d'ajouter cette précision et j'avais honte d'avoir jalousé un temps mon ancienne camarade.

— Sérieux Anaïs, arrête de te comparer.

Je connaissais son discours par cœur. Regarder chez les autres ne servait à rien, il fallait se concentrer sur sa respiration, être dans son corps pour être dans sa vie… Mais comment faire quand le corps était un traître ?

— Et pourquoi tu me parles d'eux ? s'étonna Mehdi au bout d'un moment.

— Parce que j'ai croisé Adama.

— Il est à Nice ?

— Non, c'est moi qui suis à Paris.

— Qu'est-ce que tu fais là-bas ?

— Je suis à la cité, chez Marie…

Et je finis par cracher le morceau. La mort de Brigitte, le mensonge de Marie, son attitude étrange ces derniers temps, l'appartement rempli de cartons.

— Je t'ai toujours dit que cette fille était bizarre…

— Je sais, mais tu pourrais pas te renseigner pour savoir ce qui se passe ?

— Anaïs, je parle plus à personne…

— Mehdi, faut que j'en sache plus. Je suis désolée, je te promets, je te dérangerai plus, mais là, c'est spécial.

J'insistai jusqu'à ce qu'il me promette de mener sa petite enquête. Je savais ce qu'il lui coûterait de passer des coups de téléphone à sa famille ou à d'anciens amis, mais ce déménagement, ce faux enterrement, cette disparition depuis deux semaines… Quelque chose m'échappait et je n'avais personne d'autre vers qui me tourner.

— Très bien. Je te rappelle si j'ai du nouveau. Et promets-moi de respirer. J'ai l'impression qu'il n'y a pas que ça qui te pose problème.

Mais cette fois, j'avais réussi à garder mon état physique pour moi. Je l'avais remercié et nous nous étions quittés. Je l'imaginais sur une plage, face au soleil couchant, et l'ambiance morne du petit appartement me frappa davantage.

21.

PRESQUE 13 HEURES, l'heure de notre rendez-vous, et le téléphone de Marie était toujours éteint. J'avais besoin de parler à Solal.

— Bonjour mon amour, me lança-t-il en décrochant.

— Je suis contente de te parler.

— Moi aussi. Tout va bien ?

Ces trois mots suffirent à me faire déchanter. Il pensait au bébé. J'étais de nouveau cette femme incapable de donner la vie. Je ne lui suffisais plus. La gorge nouée, je bredouillai que j'étais fatiguée, mais que ça irait.

— Comment ça, tu es fatiguée ? s'inquiéta-t-il.

— Je suis fatiguée, c'est tout.

— Tu as appelé le médecin ?

— Non, pourquoi ?

— Il faut le contacter au moindre signe de... Enfin tu sais bien !

J'avais soudain très chaud. Je l'avais appelé pour me sentir moins seule, mais c'était le contraire qui se produisait. J'étais incapable de lui dire pour la fausse couche, incapable de lui dire où j'étais, ni de lui raconter toutes ces histoires qui émergeaient de ma mémoire pour laisser place à une nostalgie si forte que mon corps entier s'en retrouvait anesthésié.

— On m'attend à la plage, mentis-je. Il faut que je te laisse.

— Appelle-moi quand tu auras eu le médecin, d'accord ?

— Oui.

— Je t'aime.

— Moi aussi.

Et je raccrochai. Je me demandais si l'amour existait vraiment. Quand Solal prendrait conscience qu'il ne serait jamais père, m'aimerait-il toujours ? Un amour sans condition était-il possible ? Peu probable. Je me préparais à l'idée d'être bientôt seule et de devoir trouver une façon d'être heureuse. La vie sans Solal n'aurait plus de saveur. Je pensai à Nice, à nos baisers, à tout ce que j'aimais chez lui et le sommeil finit par m'emporter.

22.

La sonnerie du téléphone me réveilla. Numéro inconnu. Jusqu'à ce jour, les seules personnes à m'appeler de façon anonyme étaient les médecins de la clinique Saint-George. Ma gynéco ? Je ne lui avais pas encore parlé des saignements et n'avais pas la moindre envie de le faire. Je connaissais la suite par cœur. Les jours de deuil interminables, les discussions avec l'équipe médicale et leur sourire en coin pour que j'essaie encore, même si je voyais qu'ils se décourageaient aussi. Les contractions, la souffrance pour se retrouver mère, j'étais prête à les accepter, mais pas pour voir mes espoirs finir dans les toilettes.

La dernière fausse couche avait eu lieu quatre mois plus tôt, en décembre. Au supermarché, j'avais croisé une femme qui tenait une petite fille par la main et qui caressait son ventre en comparant des layettes. La gamine essayait d'entraîner sa mère vers les vêtements de réveillon : tutus dorés, pulls et collants à paillettes. Elle était trop petite pour décrocher les cintres et tirait sur les tenues en disant : « Ça maman ! Pour la fête ! » Sa mère refusait en souriant, et la même scène se répétait devant chaque étagère. Combien de temps avais-je passé à les observer ? Je ne sais plus. Elles étaient si touchantes et pourtant la scène était si ordinaire. Un instant de complicité dont je rêvais, que je vivais par procuration en traînant mon caddie. Je me trouvais pitoyable.

Si la mère n'avait pas caressé son ventre, je n'aurais pas compris qu'elle était enceinte. Elle ne devait pas être beaucoup plus avancée que moi dans sa grossesse et pourtant, elle se projetait déjà. Pour elle, la route était tracée, rien ne viendrait perturber son plan. Soudain, je m'en étais voulu. Je perdais mes bébés les uns après les autres parce que je ne leur envoyais pas les bons signaux. Il fallait que je me projette, moi aussi. J'allais presque atteindre les trois mois, le cœur du fœtus battait à la dernière échographie, mes hormones augmentaient normalement, tout allait bien, selon les médecins. Il n'y avait aucune raison pour que cela ne fonctionne pas. Commencer doucement, voilà ce que je devais faire. Une layette, c'était trop, il me fallait un cadeau de bienvenue pour mon enfant, d'accord, mais quelque chose de discret, quelque chose qui ne fasse pas trop mal au cas où… Un étalage de chaussettes avait aussitôt attiré mon attention et j'avais saisi la paire la plus simple, juste à ma hauteur. Un presque rien, c'était parfait. Je l'avais glissée au milieu des courses et la présence de ces chaussettes avait tout changé. Par ce simple achat, je rentrais dans le clan des mères aux yeux de la terre entière.

À la caisse, j'eus honte, comme lorsque j'avais acheté mon premier paquet de préservatifs. J'avais peur qu'on me juge, que la caissière me dise de revenir la prendre dans quelques mois, quand ce serait sûr. Au lieu de ça, elle les avait scannées en me souriant puis était passée à l'article suivant. Il n'y avait que pour moi que ma maternité semblait impossible.

En rentrant à la maison, la peur m'avait rattrapée. C'était idiot, mais j'avais eu l'impression d'avoir cédé à un interdit. Je ne voulais pas que Solal puisse les voir. Je n'aurais pas supporté qu'il me prenne pour une folle, ou pire, qu'il soit trop heureux. Je les avais glissées dans un vase en haut d'une étagère de la buanderie. Pendant deux ou trois jours, je m'étais fait l'effet d'une voleuse dans ma propre maison. En pleine nuit, j'allais vérifier qu'elles étaient là, entre un passage aux toilettes et un verre d'eau. Je les touchais, caressais l'étiquette que je n'osais pas dégrafer et je les remettais à leur place pour retourner dormir. Je le faisais comme je me serais levée pour surveiller mon bébé dans son berceau.

Quelques jours plus tard, en pleine réunion avec le personnel, je l'avais ressentie, cette douleur familière. Mon bébé me faisait ses adieux, j'en reconnaissais le signe insupportable. J'avais couru me réfugier aux toilettes et attendu, agrippée à la poignée pour handicapés accrochée au mur. Je refusais de rentrer chez moi. Rentrer signifiait admettre ce qui se passait. Tant que j'étais au travail, tout était normal… C'est fou comme on peut se mentir parfois. Le bébé n'avait pas dû apprécier les chaussettes, parce que je n'avais jamais eu aussi mal.

Une fois à la maison, je m'étais couchée, j'avais avalé des Spasfon et attendu. Solal était en déplacement. J'avais insisté pour qu'on ne change rien à notre quotidien tant que la grossesse n'était pas confirmée. Il tenait à rester près de moi, mais ça m'étouffait. Comme si je n'avais jamais vraiment cru à un heureux dénouement et préférais qu'il ne soit pas là pour assister au carnage. Plus il voyageait pour son travail, plus je me laissais de chances de vivre notre échec sans avoir à supporter sa peine en face de moi. Une fois, ça nous avait suffi.

C'était suite à la deuxième FIV. Nous étions partis en week-end en Corse. J'étais à un mois et demi de grossesse. Ces deux jours devaient être parfaits, les derniers où notre « nous » ne compterait que deux personnes. Quelques semaines plus tard, le fœtus aurait un cœur qui battrait et nous serions une famille agrandie. Il fallait s'accrocher, j'étais de nouveau pleine d'espoir.

Pourtant, à peine arrivés dans notre chambre, la douleur avait commencé. J'avais appelé ma gynéco, paniquée, et elle m'avait préparée comme elle avait pu aux prochaines heures. Solal était parti m'acheter des médicaments contre la douleur et s'était assis près de moi sur le lit, serrant ma main en pleurant. Encore chancelante, j'avais dû le consoler. On ne serait pas parents cette fois-ci, mais ça viendrait, il fallait avoir confiance.

De retour sur la Côte, Solal s'était plongé dans son travail. Costume, cravate et expression fermée de l'avocat qui maîtrise tout. Une belle armure totalement inutile dans notre situation. À l'intérieur, il était devenu chewing-gum. Je ne lui en voulais pas. J'avais de la peine pour lui, mais j'étais trop mal en point moi-même pour lui venir en aide, et je n'avais plus assez confiance en notre avenir pour lui en donner.

Des mois plus tard, j'avais griffonné un berceau sur une feuille de papier et avais rangé mon dessin dans une boîte à chaussures. J'y avais glissé quelques pétales de rose séchés et avais apporté le tout jusqu'au phare de Nice.

C'était l'hiver. Il y avait du vent et marcher sur la digue de pierre, large d'un mètre à peine, me donnait le vertige. Le chemin était long, près de cinq cents mètres pour atteindre mon but. J'espérais presque que les bourrasques m'emportent. Simple, blanc avec un toit rouge. J'étais comme les marins, le phare était mon repère, dans les bons comme les mauvais moments.

J'avais ouvert ma boîte, saisi le dessin et l'avais embrassé avant de tout jeter à la mer. J'avais demandé pardon à cet enfant que mon corps n'avait pas su accueillir, et j'avais prié pour que l'avenir nous soit plus clément, à Solal et à moi. Puis j'avais déversé mes pétales de rose. Quelle gourde.

Cette célébration secrète des adieux était devenue un rituel à chaque fausse couche. La mer était si majestueuse, imperturbable. Elle me ramenait à mon insignifiance face au reste du monde. Que j'aie un enfant ou pas, les vagues continueraient de s'abattre inlassablement sur la digue. Ces pensées m'apaisaient. Jusqu'à ce que je retrouve Solal et son regard malheureux.

Où et comment ai-je puisé la force de recommencer une troisième fois puis une quatrième ? Les FIV vous emportent dans des séries d'actions que vous ne maîtrisez pas.

Je fermais les yeux pour oublier la sonnerie de mon téléphone. Je préférais me faire kidnapper plutôt que d'entendre la voix désolée du médecin au bout du fil. J'avais enfoui mon portable au fond de ma poche et m'étais allongée sur le vieux lit de Marie. Le plafond était fissuré par endroits. Le blanc avait viré au gris. Sur le mur en face, il y avait des traces de scotch. Marie avait retiré les photos que nous avions collées, adolescentes. Les souvenirs laissent parfois des traces jaunies.

23.

À LA TROISIÈME SONNERIE, j'eus envie de jeter mon portable, mais je fus retenue par la photo de Solal et moi en fond d'écran. Nous avions l'air de nous aimer. Nous l'avions prise quelques mois après notre rencontre. Nous ne pensions pas encore aux enfants. Je lui avais dit, dès le départ, qu'avec moi il n'avait pas tiré la bonne carte pour fonder une famille, il m'avait répondu que je n'étais pas une carte, mais la personne la plus fabuleuse qu'il ait rencontrée. Pas sûr qu'il continue de le penser aujourd'hui...

Quatrième sonnerie. Saloperie de portable. Pourquoi cet hôpital de merde ne comprenait-il pas que je n'avais pas envie de leur parler ? Que ça s'arrête ! Avoir un accident, quelque chose de grave pour qu'on me laisse tranquille. Plus jeune, j'avais souvent fait ce souhait, qu'une voiture me percute à un carrefour, qu'elle me broie les jambes, un bras aussi peut-être et que l'on m'emmène pour s'occuper de moi. Je n'aurais plus besoin de faire le moindre effort. Ma chambre d'hôpital serait mon refuge, les infirmières mes sentinelles.

Cinquième sonnerie. J'avais saisi mon portable, envoyé un clin d'œil à Solal sur le fond d'écran et décroché.

— Allô ? criai-je le plus sèchement possible.

— C'est moi.

Marie. C'était Marie. Je ne l'avais pas entendue depuis des années, mais je l'avais reconnue tout de suite.

— Nissou ?

« Nissou ». Il n'y avait qu'elle qui m'appelait comme ça. Nissou… Adolescente boutonneuse mais si pleine d'espoir… Nissou et Marie, les deux inséparables. Pourtant la rage prit le dessus.

— Qu'est-ce que tu fous, bordel ? Tout le monde te cherche !

— Ça va…

— Non, ça ne va pas ! Je t'appelle depuis des heures !

— Tu es toujours chez moi ? reprit-elle.

J'eus soudain honte d'être entrée.

— Comment tu sais où je suis ?

— T'occupes. Tu vas descendre et marcher jusqu'au métro Laumière, je t'y rejoins dans quelques minutes.

— Marie, attends, faut qu'on parle !

— Dans dix minutes au métro.

Elle raccrocha. J'avais envie de la tuer. J'étais venue de Nice pour elle, j'avais pris sur moi, oublié nos différends pour des funérailles imaginaires, passé une journée épouvantable à lui courir après aux quatre coins de Paris et voilà qu'en quelques secondes, j'étais de nouveau dépendante d'elle.

Je laissai plusieurs minutes s'écouler. Chacune était une petite victoire, pourtant j'avais envie de la retrouver. J'avais peur qu'elle s'en aille sans que nous nous soyons revues. J'étais curieuse de savoir à quoi elle pouvait ressembler maintenant. Avait-elle grossi ? Se teignait-elle les cheveux ? Sa peau était-elle ridée ? Ses dents étaient-elles noircies par le tabac ? J'espérais constater les dégâts du temps sur ce qu'elle était devenue. Une juste revanche. Et à la fois, je voulais la retrouver intacte. Je voulais retrouver « ma » Marie.

24.

CINQ MINUTES avaient passé depuis son appel. La station était à trois cents mètres. Même en attendant encore un peu, je serais à l'heure. Je savais qu'au moment où je la reverrais, quelque chose basculerait. Traverser la cité ne me procura pas la même sensation qu'en venant. La nostalgie s'était atténuée. Je ne m'enfonçais plus seule dans mon passé, je m'élançais vers mon avenir, sans savoir encore l'importance des jours qui suivraient.

Je descendis la rue d'un pas rapide, piétinant les petites fleurs violettes qui bordaient les trottoirs de l'avenue de Laumière. Je m'étais plantée devant la sortie du métro et observais les gens apparaître en file indienne sur l'escalator. Les voyageurs sortaient par flux. Une trentaine d'un coup, plus rien pendant une minute, et de nouveau des visages inconnus. Mais jamais celui de Marie.

L'attente paraissait interminable. Je regardai ma montre. Dix minutes de retard. Mais que faisait-elle ? Que cherchait-elle ? À me dominer ? M'humilier ? Elle m'avait peut-être aperçue et était partie. Elle me rappellerait probablement dans quelques jours, moqueuse, et disparaîtrait pour de nouvelles décennies. Ou était-ce moi qui ne l'avais pas reconnue et l'avais vexée ? C'était fou, après tout ce que j'avais vécu ces dernières années, ce qui me rendait le plus fébrile était de revoir mon amie d'enfance.

Un klaxon strident me fit sursauter. Je détachai mon regard de l'escalator. Une magnifique Ford était garée en double file. Capote relevée et vitres teintées. Il y avait un décalage absurde entre cette voiture sublime et le quartier. L'épicier de la rue Petit était sorti de son magasin pour l'observer. Les vendeurs de châtaignes s'étaient tus. Il y avait comme un mouvement de ralenti autour de la voiture. J'avais toujours aimé les Ford. J'aimais leurs lignes, leur histoire, leur rôle dans les films. Et celle-ci, je l'aurais reconnue parmi des centaines. Une Thunderbird de 66… Le conducteur baissa la vitre.

Marie, au volant de la voiture de nos rêves. Elle m'avait sûrement observée un moment avant de me faire signe. Mon cœur s'était mis à battre plus vite. Marie… Soudain, des images par dizaines. Elle et moi à la piscine, dans sa chambre, en classe, aux Buttes-Chaumont… Elle et moi assises sur le banc de l'école, sur l'herbe du jardin… Coincée sur le trottoir, j'étais anesthésiée par mes émotions.

— Alors ! T'arrives ou quoi ?

Je sursautai et m'avançai vers elle. Nous ne nous étions pas dit bonjour. Nous ne nous le disions jamais, pas plus qu'au revoir.

— Pas mal, hein ! avait-elle dit en caressant la portière de la Ford.

Je souris.

— C'est la même ?

— L'exacte copie. J'ai mis des mois à la trouver.

La voiture de *Thelma et Louise*, notre film culte. Nous l'avions vu plusieurs fois au cinéma et, plus tard, en vidéo. Nous avions attendu des mois qu'il sorte. Nous nous rendions si souvent chez le loueur de cassettes qu'il avait fini par prendre nos numéros pour nous prévenir en avant-première dès qu'il la recevrait. Au final, nous l'avions tellement louée qu'il avait fini par nous l'offrir.

Au début, je n'avais pas compris le dénouement. Marie s'était moquée de moi.

— Mais enfin ! Elles se jettent à toute allure dans un ravin !

— Parfois, tu t'en sors, d'un accident !

— La voiture va exploser, c'est tout ! Elles préfèrent mourir plutôt que de continuer cette vie !

Nous épiloguions des heures sur cette conclusion que je n'aimais pas. Des années plus tard, je comprenais le sentiment de liberté des héroïnes, le choix de continuer ou pas.

Pour nous, *Thelma et Louise* était plus qu'un film. C'était une ouverture sur le monde, un sésame de promesses. Après l'avoir regardé, nous débattions des heures dans la chambre. Marie rêvait de strass et de paillettes, d'un immense appartement avec vue sur la tour Eiffel, et surtout, elle fantasmait sur une veste Chanel rose. Il y avait du sauvage en elle et je la voyais mal engoncée dans un tailleur à recevoir ses amis du 16e dans son grand appartement bourgeois, mais je ne lui avais rien dit.

De mon côté, je me voyais créatrice de mode, peintre, chanteuse, écrivain… Mais je savais désormais que les rêves étaient de la dentelle. Quelque chose de doux et délicat, mais qui ne suffit pas à tenir chaud dans le froid de l'existence.

Alors que je me laissais bercer par mes souvenirs, un détail m'interpella. « J'ai mis des mois à la trouver. » Marie s'était préparée depuis longtemps à nos retrouvailles, cette voiture était un acte prémédité. Je me sentis mal à l'aise tout à coup. Brigitte n'avait rien à voir avec ma venue. Marie m'avait manipulée, à présent, c'était clair. Mais pourquoi ? Si elle voulait qu'on se voie, il suffisait de m'appeler !

— Tu te moques de moi ? C'est quoi, cette histoire ?

— Quelle histoire ?

— Ton mensonge ! On n'enterre pas quelqu'un quatre mois après sa mort !

— Qui t'a parlé d'un enterrement ? Je t'ai dit que j'organisais une cérémonie d'adieu.

Du Marie tout craché ! Jouer sur les mots pour parvenir à ses fins. En faire des tonnes. « Cérémonie d'adieu », pour qui se prenait-elle ? Pourtant, je me raisonnai. N'étais-je pas moi-même une habituée des rituels en grande pompe à chaque fausse couche ? Brigitte n'était-elle pas réellement morte ? Marie était menteuse, manipulatrice, prétentieuse… Mais étais-je mieux ?

— Qu'est-ce que tu veux, Marie ? avais-je fini par demander, lasse.

— Qu'on parte toutes les deux.

— Comment ça ?

— On se tire loin d'ici.

— La cérémonie n'est pas à Paris ?

— Non. J'ai loué cette voiture exprès, je suis allée jusqu'à Grenoble pour ça. C'était le seul loueur à avoir une Thunderbird… Quitte à faire de la route, autant joindre l'utile à l'agréable !

Je l'écoutais, effarée. Le décès de sa mère ne semblait pas l'atteindre plus que ça.

— Bon sang ! la coupai-je. Édouard se remarie dans quelques jours, et tu lui gâches sa fête, tout ça pour aller louer une bagnole et partir avec moi ! Mais tu es complètement inconsciente ou quoi ?

— Calme-toi ! C'est pas ma faute s'ils pensent tous que je ne sais pas vivre sans eux…

J'étais médusée. Mettre le monde à ses pieds et jouer les effarouchées après.

— J'ai besoin de toi. Tu es la seule à avoir vraiment connu ma mère.

— Et Édouard ?

— Ils ont jamais pu se saquer…

Je soupirai, me balançant d'une jambe sur l'autre, incapable de me décider.

— Tu montes ?

— Je ne sais pas… Tu me prends de court, là…

— T'as des trucs importants de prévus ces deux prochains jours ?

— Oui… Qu'est-ce que tu crois !

— À la plage ?

Le mépris dans sa remarque acheva de me rendre folle. Elle n'était pas la première à dénigrer mon revirement de carrière. J'avais beau expliquer que diriger la plage la plus célèbre de la plus grande ville de la Côte d'Azur n'avait rien d'une sinécure, les gens m'imaginaient invariablement en maillot de bain à boire des cocktails toute l'année.

— Mais enfin, tu te prends pour qui ? Tu crois que la terre entière est à ta disposition ?

— Oh ça… Vraiment pas, non…, répondit-elle sur un ton oscillant entre cynisme et désolation.

— Arrête de faire n'importe quoi.

— C'est prévu !

— Je te parle franchement !

— Je sais !

Elle souriait. Rien de ce que je lui disais ne semblait l'atteindre. Au lieu de me faire lâcher prise, cette attitude me vexait et je m'énervais chaque seconde davantage. Je tournai les talons.

— Nissou, attends ! Qu'est-ce que tu fais ?

J'avais déjà traversé la rue, prête à m'engouffrer dans le métro. Je ne savais pas où aller, mais je ne voulais plus être avec elle. J'en avais assez d'être un objet. Un corps pour les médecins, une présence pour Solal, un déversoir pour les clients de la plage, un vague souvenir pour mon père, une bouée pour Marie… Ça suffisait. Je voulais qu'on me laisse respirer un peu. Vivre en paix et en silence, loin de tous, loin de leurs attentes ou de leur indifférence. Soudain, une main appuya sur mon épaule. Marie m'avait rattrapée et me fixait, essoufflée.

— Ça va pas de partir comme ça ?

Je ne voulais pas affronter son regard et je détournai la tête. Je m'étais alors aperçue qu'elle avait laissé la porte de la voiture ouverte, avec les clefs dessus.

— Mais Marie, la voiture !

— Je m'en fous de cette voiture. Qu'est-ce que t'as ?

Elle avait compris que ça n'allait pas. J'avais envie de pleurer. Bien sûr, j'étais bien décidée à ne rien laisser filtrer, mais son attention m'avait émue.

J'avais été vue, enfin. Pour la première fois depuis des mois.

— C'est que ton boulot qui t'empêche de partir ? avait-elle repris.

— Tu me prends au dépourvu…

— Si je t'avais appelée pour te proposer une virée toutes les deux, tu aurais dit non…

— Pas forcément…

— Tu sais très bien que si.

Elle avait raison.

— J'ai pas de vêtements de rechange…

— On trouvera ! Anaïs, on s'était toujours dit qu'on le ferait, alors pourquoi pas ? J'ai la voiture, de l'essence, t'es à Paris… Tout est là…

Elle me parlait avec tendresse et je basculai. Solal répétait qu'il m'aimait, mais derrière ces mots, j'étais persuadée qu'il m'en voulait de ce que nous traversions… Mon quotidien était jalonné des demandes insistantes de clients qui pensaient que tout leur était dû, de reproches… Les gens me semblaient agressifs. Je ne m'en rendais pas compte au quotidien, mais les gestes de Marie, sa voix douce et son regard attentionné m'avaient servi d'électrochoc. J'avais besoin d'une amie.

Ces deux jours loin de tout ne pouvaient que me faire du bien. Solal ne rentrerait pas avant la fin de la semaine, et tout le reste pouvait attendre. Une douleur aiguë me piqua le bas du ventre et j'agrippai le bras de Marie.

— Quoi, qu'est-ce qui se passe ? me demanda-t-elle, inquiète.

— C'est rien… des règles difficiles…, mentis-je.

— Ah... Bon... Alors viens t'asseoir dans la voiture, tu seras mieux, non ?

J'avais hoché la tête et l'avais suivie.

— Je viens, mais uniquement pour ta mère.

— Bien sûr.

Deux jours. Vraiment pas grand-chose, pensais-je. J'étais loin de me douter...

25.

Marie ferma les portes de la voiture à clef, comme si elle avait peur que je m'enfuie. Je fixais son sac à main ouvert à mes pieds. Une imitation Chanel en cuir noir. Tout dans les apparences.

Notre quartier défilait devant nous et on s'arrêtait pour regarder la Ford avec de grands yeux. Le temps n'avait pas eu d'effet sur elle, elle était toujours aussi magnifique. Quelques rides légères, une peau moins fine, un peu moins tonique, mais elle était de loin la plus belle femme que je connaisse.

Marie quitta un instant la route des yeux, ouvrit la boîte à gants et en sortit un appareil photo jetable.

— Surprise ! lança-t-elle. Allez, souris Nissou !

Le feu passa au vert, les voitures derrière commencèrent à klaxonner. Marie se colla à moi et pointa l'appareil dans notre direction.

— Cheese ! dit-elle en riant.

Je souris. *Clic.* Elle avait eu sa photo, elle pouvait repartir. Elle fit un bras d'honneur à un chauffeur qui l'insultait et passa la seconde. Nous approchions du périphérique.

— Où on va ? demandai-je fermement.

— Tu verras !

— Non, dis-moi !

— Calme-toi ! On va célébrer ma mère dans un endroit qui vaut le détour.

— Où ?

— À la mer.

— J'en viens, de la mer !

Cap sur le Cotentin, les falaises de La Hague, le sentier des Douaniers. C'était là que Marie était née et elle y avait vécu jusqu'à ses quatre ans. Enfant, elle y retournait parfois en été. Un « ami » de Brigitte les accueillait. Nous n'avions pas mis longtemps à comprendre que sa mère payait la location à sa manière... Marie ne supportait pas la situation. Brigitte était une pute qui n'avouait pas son nom, explosait-elle.

— Pourquoi tu veux retourner là-bas ? lui demandai-je.

Elle ne répondit pas. J'eus l'impression de m'enfoncer. Qu'étais-je en train de faire ? Solal me croyait sur la plage de Nice et je m'en voulus. Au contact de Marie, je me remettais à faire n'importe quoi. Cette histoire ne tenait pas debout. Célébrer Brigitte sans Brigitte ?

— Si ça se trouve, j'aurai encore droit à des crêpes ! plaisanta-t-elle.

De quoi parlait-elle ? Elle me fit les gros yeux et je me souvins de l'été de ses huit ans. Elle l'avait passé dans le Cotentin. Brigitte avait entendu parler d'un concours de Miss local. Peu importe qu'il ait été à plus de cent kilomètres de leur maison de vacances. Pendant les deux semaines qui avaient précédé le grand jour, sa mère ne l'avait autorisée à manger que des haricots verts et des courgettes bouillis, pour être « aussi fine qu'une tige ». Marie avait dû répéter trois fois par jour un spectacle de danse. Sa mère battait le rythme en frappant dans ses mains. Si Marie ne s'appliquait pas assez, qu'elle trébuchait ou refusait de sourire, Brigitte diminuait encore les rations de légumes. Ces vacances avaient été les pires de sa vie jusqu'à ce qu'elle arrive sur scène.

Là, tout avait changé. Dès que ses pieds avaient foulé le sol, une sensation de liberté l'avait envahie. Ses jambes étaient légères et ses mains s'étaient envolées vers le ciel. Pointes, arabesques, sauts de chat. Les mouvements s'étaient enchaînés comme si elle les avait inventés. Une révélation. Elle serait danseuse ! À la fin, la foule avait applaudi de longues minutes, et Marie fit l'unanimité du jury. Brigitte ne touchait plus terre. Sa fille était la plus belle. Ironie du sort, le lot principal pour la gagnante était des crêpes gratuites et à volonté dans toute la région ! Et Marie ne s'était pas gênée pour en profiter, des années durant.

— Et il y aura qui d'autre à ta cérémonie ?

— Juste nous deux.

— Comment ça va se dérouler ?

— Fais-moi confiance.

— Je préfère que tu m'expliques.

— Plus tard.

Ces gamineries autour d'un événement aussi grave que la mort m'insupportaient.

26.

Les bandes blanches de l'autoroute filaient vers l'horizon.

— Si tout va bien, on y sera dans deux heures et demie, me précisa Marie.

Je me contentai de hocher la tête.

— Tu peux dormir un peu si tu es fatiguée, ajouta-t-elle.

Impossible de me défaire de la désagréable sensation d'avoir été dupée, et de ne pas savoir pourquoi.

— Tu as prévenu Édouard ?

— Mais oui…

— Marie, il s'inquiète pour toi.

— Je sais. J'y peux rien. C'est pas faute de lui avoir donné de bonnes raisons pour qu'il passe à autre chose…

Là-dessus, je ne pouvais pas la contredire.

— Tu l'as bien appelé, tu me promets ? Autrement je le fais, il y en a pour deux minutes.

— Mêle-toi de ce qui te regarde, me coupa-t-elle avant de se radoucir. Il en fait toujours trop. Je l'ai prévenu que j'allais partir quelques jours, qu'il pouvait préparer son mariage tranquillement, que je serais là.

J'ouvris la fenêtre pour avoir un peu d'air, mais le bruit du vent m'obligea à la refermer. Je pestai, me sentis coincée avec elle.

— Je comprends que tu trouves ça louche, concéda Marie au bout d'un moment.

— Moi, tu sais, plus rien ne me surprend…

— Mais oui…

Je m'imaginai soudain tenant un enfant dans mes bras et j'eus envie de pleurer. Je venais de mentir. Bien sûr que si, la vie continuait de me surprendre, à commencer par son absurdité.

— Nissou, je dois absolument me débarrasser de ça avant de partir, et je ne peux pas le faire sans toi. Sinon, je n'aurai pas l'esprit libre.

— Partir ? Comment ça ?

— Personne ne le sait, mais j'ai décroché un job au Maroc.

— Quoi ? Quel job ?

— Hôtesse d'accueil dans une villa… Je vais m'occuper de mariages, de séminaires, le tout au soleil.

— Mais t'as déjà fait ça ?

— Non, j'apprendrai sur place, c'est pas sorcier.

— Si tu le dis.

— Le boss est cool. Bon, il a maté mon cul avant de me donner la place… Mais pas plus que les autres.

Je levai les yeux au ciel. Toujours la même rengaine. Un long silence suivit.

— Je pars dans quelques jours.

Marie me raconta qu'elle s'était inscrite sur un site d'expatriés et avait déjà de nombreux contacts qui attendaient son arrivée. Ils lui avaient envoyé des photos du quartier où elle allait vivre. Elle s'était rapprochée d'une certaine Julie, une Marseillaise qui vivait là-bas depuis cinq ans, qui avait épousé un homme d'affaires australien et menait la vie dont Marie rêvait. Chaque week-end, Julie allait à la plage, une fois par mois, elle courait un marathon, régulièrement elle partait en randonnée dans l'Atlas. Elle avait envoyé à Marie des photos de ses escapades.

Marie me racontait ce pays qu'elle ne connaissait pas encore mais qui lui ouvrait les bras, ces habitants si accueillants, cette communauté française qui la soutiendrait, cette nature incroyable, et un sentiment diffus d'envie me traversa. Combien de fois avais-je songé à tout plaquer pour partir à l'autre bout du monde ? Mais jamais je n'avais osé. Chercher des hôtels, des billets d'avion m'avait suffi pour me sentir libre. Avoir des options était l'essentiel et jamais je n'étais allée jusqu'au bout. Marie, elle, se lançait dans l'aventure. Elle décidait de son destin sans se contenter de la fatalité. Créer la vie à laquelle elle aspirait, quitter ses fantômes et partir. Elle y arrivait. Moi, pas.

— Et Constant, tu en fais quoi ? piquai-je.

Elle soupira.

— Que je sois là ou pas, ça ne change pas grand-chose pour lui.

Je ne trouvai rien à objecter.

— Écoute Nissou, reprit-elle enfin. Je dis pas que je suis parfaite, loin de là. Mais j'ai besoin de penser à moi, tu comprends ? On se fait cette putain de virée et pour la suite, on verra bien. Ça te va ?

— Ça me va.

J'avais mille objections et autant de questions, mais j'avais choisi de les garder pour moi. Marie avait raison, on verrait bien.

27.

La voiture roulait, les kilomètres défilaient et avec eux s'étiolait mon sentiment d'étonnement. J'avais fini par admettre que nos retrouvailles étaient naturelles. Rien n'avait changé entre nous. À part quinze années de blancs à combler…

— J'ai rencontré Jordan.

Marie eut un petit rictus.

— Un mec sympa, mais pas pour moi.

— Il avait l'air de beaucoup s'inquiéter lui aussi…

— Oui, c'est leur grand truc ça… Ils te donnent rien quand t'es tous les jours avec eux, et dès que tu craques, ils te lâchent plus !

Incrédule, je l'écoutai débiter des généralités. Les hommes n'étaient jamais à la hauteur, tous les mêmes, ils usaient les femmes à petit feu. Pour elle, les femmes partaient avec un handicap. Il était normal de compenser, quelle que soit la méthode.

— Ce que je veux dire, c'est que je ne sais plus rien de toi…, insistai-je. Qu'est-ce que tu as fait toutes ces années ?

— Pas grand-chose… Rien dont je sois vraiment fière… J'ai foiré deux mariages, j'ai jamais réussi à garder un job plus de trois mois, je dois de l'argent à beaucoup de monde, j'ai jamais réussi à vendre une seule de mes photos, j'ai pas beaucoup d'amis et mon fils se fout royalement de moi...

Aucune colère dans sa voix. Un constat, assimilé depuis longtemps.

— La seule chose que je regrette, c'est qu'on se soit perdues de vue. T'es ce qui m'est arrivé de mieux.

— Moi aussi, je le regrette.

— Alors, c'est tout ce qu'on a besoin de savoir, non ?

— Peut-être.

J'avais marqué un temps avant de continuer. J'étais d'accord pour faire table rase du passé et des non-dits.

— Je voulais quand même te dire que je suis désolée pour ta mère, murmurai-je.

— Désolée de quoi ? C'est mieux comme ça. Elle est libérée, crois-moi !

— Mais...

— L'alcool, c'est le suicide des lâches.

Je frissonnai. Comment Marie pouvait-elle avoir un avis si tranché sur la mort de sa mère ? Là encore, aucune animosité, aucune haine. On aurait pu parler d'une parfaite inconnue, le ton aurait été le même.

Brigitte... Les souvenirs défilaient. Son peignoir chinois. Ses préparatifs interminables pour ses rendez-vous galants. « Et comme ça ? Vous m'donnez quel âge ? » Si par malheur on dépassait trente ans, elle éclatait en sanglots. Il lui arrivait même souvent d'annuler par peur de ne pas plaire. « Tous des connards de toute façon ! », et elle vidait une bouteille de whisky. Nous la retrouvions le lendemain, cigarette au bec, endormie devant la télévision, son rimmel noir dégoulinant sur ses joues.

Certains soirs, elle déblatérait des insultes sur le père de Marie et soudain, il fallait ranger, que la maison soit propre. Après des mois sans jamais passer l'aspirateur ni un coup de chiffon, à ne changer aucun drap et laisser Marie faire la vaisselle, elle venait nous chercher dans la chambre et distribuait les rôles : « Toi à la cuisine, toi t'es responsable des sols ! Je veux que ça brille ! Hors de question qu'on se réveille demain dans cette merde ! » Vers 2 heures du matin, nous finissions par aller nous coucher, mais Brigitte continuait d'astiquer toute la nuit, et lorsque nous nous réveillions au petit matin pour aller en cours, nous la trouvions dans le salon, admirant ses meubles dépoussiérés, s'exclamant : « Le propre, ça sent bon quand même ! » En général, les mauvaises habitudes revenaient le soir même.

28.

— DANS MON SAC il y a un CD, tu me le files ? me demanda Marie.

Je m'exécutai. À l'intérieur, mes mains frôlèrent un sac en plastique dont le contenu m'intrigua.

— Pourquoi t'as du sable là-dedans ?

Marie soupira.

— T'occupe.

J'insistai.

— C'est ma mère.

Je lâchai tout.

— Qu'est-ce que tu racontes ?

— Il n'y a pas eu d'enterrement. Elle voulait pas laisser de traces.

Sidérée, je me taisais.

— On doit jeter ses cendres en Normandie. Sa dernière volonté…

Le plan foireux de Marie m'était enfin révélé. Les cendres de Brigitte dans un faux Chanel, à mes pieds. J'eus un haut-le-cœur.

— T'aurais pu prévenir !

— Si tu crois que ça me prend pas la tête de me trimballer ça depuis des mois !

— Pourquoi t'as attendu tout ce temps ?

— J'y arrivais pas.

Je baissai les yeux.

— Et t'avais pas d'urne ?

— Trop lourd... Bon, j'ai pas envie d'en parler. On va lui faire une jolie cérémonie et ce sera fini. T'as le disque ?

Interloquée, je plongeai de nouveau ma main dans le sac, évitant le plastique. Je tendis à Marie le CD gravé qu'elle inséra dans le lecteur en me lançant un sourire malicieux. « Bouge de là » résonna dans l'habitacle.

Tout a commencé là-bas dans la ville qu'on appelle Maisons-Alfort

Quand je vois une fatma chelou qui fait vibrer son corps

Elle me dit « Mc Solaar, viens-là qu'j'te donne du réconfort ».

J'ai dit « Non merci c'est très gentil mais je ne mange pas d'porc »,

Elle m'a fait « Bouge de là ».

Je me mis à rire. Vingt ans au moins que je n'avais pas entendu cette chanson. Quand elle était sortie, nous passions notre temps à l'écouter. Elle était dans toutes les soirées, tous les Walkmans.

— Regarde, me dit Marie. Il y a la liste des chansons dans la boîte.

J'ouvris. Marie avait écrit à la main sur un Post-it les titres et les chanteurs de sa compilation. Je les reconnus aussitôt. C'était ceux de la boum de mes douze ans que nous avions organisée ensemble. Il n'en manquait aucun. Kris Kross, Mc Solaar, Run

DMC, Tupac, Michael Jackson, Pete Rock & CL Smooth, Dr. Dre mais aussi Céline Dion, Mariah Carey, Whitney Houston… Les titres défilaient sous mes yeux embués. Mes douze ans…

Nous avions passé la matinée à faire les courses, déplacer les meubles du salon et à nous poser mille et une questions. Quelle tenue porter ? Quelles boissons acheter ? Faire des toasts au Boursin ? Mais si certains voulaient s'embrasser… Non, le tarama, c'était mieux… Fallait-il des sucettes, des chewing-gums ou des bonbons ? Ma mère préférait préparer des gâteaux au chocolat. Quatre ! J'étais persuadée que personne n'y toucherait, mais les invités avaient tout dévoré. La boum devait commencer à 15 heures 30 et se finir vers 21 heures. Autrement dit, jusqu'au soir. J'en frissonnais de fierté : ma boum serait la première du genre. Jusque-là, tous les anniversaires se déroulaient l'après-midi…

Nous avions tiré les rideaux pour que la lumière ne puisse pas filtrer. Ce jour-là, j'avais même eu le droit de me maquiller ! Ma mère avait aussi accepté de ne pas rentrer avant 21 heures 30. De son côté, mon père travaillait jusqu'à minuit, il ne risquait pas de nous déranger… Je n'en étais pas revenue : j'étais enfin grande !

Malgré l'obscurité, la lumière jaune des lampes halogènes manquait de style. Avec Marie, nous avions eu une idée : colorier du papier calque en rouge et vert et le glisser au-dessus de l'ampoule. Le résultat avait dépassé nos espérances. La pièce s'était transformée en boîte de nuit. Mais le papier avait pris feu au bout de deux minutes et nous nous étions mises à hurler. Ma mère était déjà partie et j'avais couru chercher un voisin pour nous aider. Plus de peur que de mal. La feuille s'était consumée sans faire de dégâts. Le voisin s'était étonné de nous trouver seules et j'avais dû ruser pour qu'il s'en aille, promettant de ne pas faire trop de bruit… Promesse oubliée dès l'arrivée des invités et à la première chanson que nous avions passée : « Jump », de Kris Kross, sur laquelle les quarante ados présents s'étaient mis à sauter en chœur.

Mais ce qui avait fait de cette boum un événement inoubliable dans le quartier était arrivé bien plus tard.

29.

QUELQUES JOURS auparavant Sofiane m'avait dit :

— Hitler a pas fini l'travail ! Maintenant, avec les micro-ondes, ça irait plus vite !

Sofiane était un garçon agressif et mégalo, je le savais. Raciste, non. C'était la première fois que j'entendais ce genre de remarque. Jusque-là, que je sois juive n'avait intéressé personne. Mes grands-parents, traumatisés, avaient vécu la guerre et évoquaient rarement les camps de concentration. Mais le peu de fois où ils l'avaient fait, l'ampleur de leur souffrance m'avait déchiré le cœur. À la maison, la guerre était toujours présente. Elle s'invitait aux fêtes de famille dans des soupirs ou des regards absents, quand Jean-Marie Le Pen parlait à la télévision, quand il y avait un sujet sur Israël aux informations ou que des tombes juives étaient profanées en France.

Ma grand-mère avait déjà pleuré dans mes bras et j'avais découvert le portrait de son frère caché derrière des photos encadrées sur l'étagère du salon. Ce frère dont il ne fallait pas parler. Comme il ne fallait pas non plus demander comment le père de mon grand-père avait été pris ni pourquoi certains grands-oncles avaient un tatouage sur le bras. Petite, ma mère avait dû m'envoyer chez un pédopsychiatre. À cinq ans, je me réveillais trempée toutes les nuits, persuadée que la Gestapo viendrait nous chercher pour nous tuer. J'étais certaine d'entendre des pas dans les couloirs, des sirènes dans la rue.

La psy avait su atténuer les symptômes, mais l'angoisse était restée tapie. En 6e, j'avais commencé l'allemand parce que, selon mon grand-père, ceux qui s'en étaient le mieux sortis dans les camps étaient ceux qui comprenaient les ordres. Pour ma famille, la Seconde Guerre mondiale était loin d'être finie. Alors, quand Sofiane m'avait lancé cette phrase, fier de sa trouvaille, le temps s'était arrêté. Sous le choc, je n'avais rien su répondre.

J'avais eu honte. J'avais même envisagé d'annuler ma fête. Mes parents me posaient des questions, mais je n'avais pas le courage de leur raconter. Marie avait su trouver les mots pour que ma boum redevienne notre priorité. Un petit con ne nous gâcherait pas la soirée.

Sofiane avait été le seul à ne pas être invité. Hors de question que ce sale type mette les pieds chez moi. Or, comme Marie et moi l'avions espéré, ma boum était devenue l'endroit où il fallait être et Sofiane ne comprenait pas pourquoi il n'était pas convié. Il était venu me trouver pour me demander des explications. Je n'avais pas pris la peine de répondre. J'étais sidérée qu'il ne se souvienne pas de ses propos. Pour moi, c'était comme s'il m'insultait à nouveau.

Le samedi, tout s'était déroulé sans problème, jusqu'à ce qu'il sonne à l'interphone. Marie l'avait engueulé si fort que mes camarades avaient baissé la musique. Est-ce que quelqu'un était descendu ? Est-ce que Marie lui avait ouvert ? Je ne l'avais jamais su, mais dix minutes plus tard, Sofiane se tenait, penaud, sur mon palier.

— OK, mais tu te mets à genoux et tu t'excuses auprès d'Anaïs, l'avait sommé Marie.

Il avait pris ses grands airs et éclaté de rire. Lui à genoux ? Elle n'y pensait pas. Il avait essayé d'avancer mais Marie lui barrait le chemin.

— À genoux ou tu repars direct.

Tout le monde s'était agglutiné derrière la porte pour observer la scène. Sofiane avait commencé à crier, à dire que cette boum, c'était de la merde, qu'il s'en fichait.

— Alors pourquoi t'es là ? lui avait répondu Marie d'un ton glacial.

— Ça va, fais pas ta relou !

J'étais prête à céder mais Marie avait tenu bon.

— À genoux ou tu dégages !

À ma grande surprise, Sofiane avait obéi. Alors seulement, Marie l'avait laissé entrer. Des mois, des années après, tout ce que le quartier avait retenu, c'était que Marie avait fait plier Sofiane.

Vingt-cinq ans plus tard, je serrais dans ma main le Post-it sur lequel Marie avait noté les titres de sa compilation, savourant ce sentiment d'être à ma place à ses côtés. Elle avait bravé le danger pour moi, pour sauver mon honneur.

30.

Nous roulions depuis un peu plus d'une heure quand Marie bifurqua.

— Faut que je prenne de l'essence.

Nous nous arrêtâmes à une station-service en bordure de l'autoroute. Marie se chargea de faire le plein.

Je sortis me dégourdir les jambes. Mon ventre me faisait moins souffrir, j'arrivais à marcher sans peine. Apparemment le fœtus tenait à prendre son temps avant de déguerpir. Je m'étais demandé si je pouvais toujours me considérer enceinte. Après tout, tant qu'il était là, j'étais encore une mère en devenir, même si ça ne durerait plus que quelques heures.

— S'il te plaît, reste, chuchotai-je, la main sur mon ventre.

Jusqu'ici mes supplications n'avaient jamais marché, mais il y a un début à tout, non ? Et j'essayais de me raccrocher au moindre espoir.

Je m'éloignai de la Ford et observai Marie de loin. L'impression de trahir Solal avait disparu. Partir en week-end pour célébrer la vie de Brigitte n'était pas si grave. On n'efface pas les années d'une telle amitié et je leur devais bien ça à toutes les deux. Nous réparions quelque chose, et je pense que la douleur dans mon ventre s'atténuait grâce à cet apaisement. Je crois même que, l'espace d'un instant, j'ai été heureuse. Rien dans ma vie n'avait changé, et pourtant je la percevais autrement.

En sortant de la station les bras chargés de paquets, Marie s'arrêta net, le regard fixé sur une voiture garée devant la sortie. Je ne comprenais pas ce qui clochait. Marie était blême. Soudain, ses lèvres se mirent à trembler.

— Connard ! s'exclama-t-elle.

— Qui ?

Elle ne répondit pas.

— Marie, de qui tu parles ?

Elle laissa tomber ses paquets sur le sol et roua de coups de pied la carrosserie.

— Connard ! Connard !

Elle était comme possédée. Il fallait que je l'immobilise, autrement elle allait faire un carnage.

— Marie enfin, calme-toi !

Elle se débattait. Impossible de la maîtriser. Le propriétaire allait ressortir d'un instant à l'autre. J'essayai de trouver une explication, cherchai les mots pour la raisonner, sans succès.

— Mais qui c'est ? Tu le connais ?

Soudain, le propriétaire bondit sur elle.

— Vous êtes cinglée ! cria-t-il.

Elle n'y prêta pas attention.

— Salope ! Dégage de là !

Il la bouscula si fort que Marie tomba. Son coude saignait. Elle se releva et se jeta sur lui. L'homme lui attrapa les poings, Marie lui envoya un coup dans le genou.

— Elle est tarée, cette bonne femme !

On nous entoura, on éloigna Marie, toujours ivre de rage.

Je tentai de la ramener à moi en lui parlant doucement et finis par la serrer dans mes bras. Elle éclata en sanglots. Je sentais ses larmes rouler dans le creux de mon cou. J'étais bouleversée. Elle était passée de la fureur au désespoir.

— Il a pas le droit de se garer là, Nissou, me chuchota-t-elle.

— Pourquoi ça ?

— C'est une place pour handicapés, il a pas de macaron, il vole la place d'un handicapé, tout ce qu'il mérite, c'est qu'on lui pète les jambes à ce connard !

Je m'étais liquéfiée. J'avais imaginé un ex, un type qui l'avait maltraitée et dont elle avait une bonne raison de se venger, mais pas un parfait inconnu mal garé. Je frissonnai. Marie était soudain devenue une étrangère. Elle me regarda, les yeux remplis de tristesse.

— Rien ne va sur cette terre.

Le propriétaire tournait toujours autour de sa voiture en prenant les gens à témoin. En l'apercevant, Marie rougit de nouveau. Je la traînai dans notre Ford et l'installai au volant. J'allai trouver l'homme et lui promis de le dédommager. Il finit par se calmer après m'avoir insultée. Marie, soudain impassible, démarra.

— Allez viens, Nissou.

31.

Nous nous engageâmes d'abord sur la nationale 13 avant de nous retrouver sur les départementales de Normandie. Les villes défilaient, Osmanville, Isigny-sur-Mer... Le soleil ne suffisait pas à lutter contre le vent frais qui s'immisçait par la vitre entrouverte. Nous étions encore loin de la mer, mais déjà des relents iodés faisaient frissonner mes narines. Je connaissais bien la Normandie, j'y avais passé beaucoup de temps, enfant. J'aimais la lumière, les plages à perte de vue et cette tristesse qui s'en dégageait. J'aimais que la mer se retire pour laisser place aux crabes et aux crevettes. Je marchais dans le sable humide, les coquillages massaient mes pieds.

Je n'y étais pas retournée depuis des années. Cette région faisait partie de mon histoire. J'y allais avec mes parents, mes grands-parents. Depuis, j'avais vieilli et ils m'avaient tous quittée, seuls les paysages demeuraient. Marie ne faisait aucune allusion à ce qui s'était passé à la station-service. Qu'elle n'en parle pas me gênait peut-être davantage encore que le choc de cette scène. Devais-je creuser ? Continuer de faire comme si de rien n'était ? Elle finit par rompre le silence. Quelque chose semblait accaparer son esprit.

— Bon, et toi, quoi de neuf ? me demanda-t-elle d'une voix fébrile.

Pas d'explications donc.

« Quoi de neuf ? » Une question que j'exècre. Pourquoi devoir se renouveler en permanence ? Et se croire maître du changement dans nos existences ? S'il y avait bien quelqu'un à qui je n'avais aucune envie de raconter mon désarroi, c'était elle. Je ne pouvais pas non plus lui mentir, elle l'aurait deviné. J'étais coincée.

D'une manière générale, faire des confidences me met mal à l'aise. L'idée de me dévoiler et d'être incomprise me déplaît trop pour que j'en prenne le risque. Et puis, se raconter, c'est donner à l'autre une prise sur soi. Quant aux réactions, les commentaires sont souvent à côté, les réponses hors sujet. La première fois où je m'étais sentie seule alors que j'avais besoin de réconfort, j'étais auprès de ma mère. Je devais avoir dans les treize ans. Je ne lui parlais jamais de mes sentiments pour les garçons, mes passions déçues, mes désespoirs. Une fois pourtant, j'étais si désemparée que j'avais décidé de m'ouvrir à elle.

— Tu vas pas te prendre la tête pour une amourette ! À ton âge, c'est un de perdu, dix de retrouvés ! Pourquoi t'irais pas te faire belle, te maquiller un peu ? Quand on se sent bien, tout va tout de suite mieux.

Que répondre ? J'aimais à en mourir et ma mère parlait d'amourette ! Le monde me semblait dénué de sens, je me demandais comment vivre dans ces conditions, persuadée que je ne dépasserais pas les vingt-deux ans, et elle me conseillait de me maquiller pour voir la situation autrement. Au lieu de me soulager, le décalage n'avait fait qu'accentuer ma solitude.

Pour ma mère, la plupart de mes problèmes venaient de mon apparence. Je ne prenais pas suffisamment soin de moi, je ne me maquillais pas assez, j'étais trop grosse. Une fois ces détails réglés, tout irait mieux, je devais lui faire confiance. Mais je vivais mon corps comme une enveloppe qui cachait mon désarroi.

« Quoi de neuf ? » En une question, le malaise de mon adolescence avait rejailli. Jamais je n'aurais cru qu'à trente-huit ans, j'en serais là. Je ne pouvais pas répondre ça à Marie. Impossible. Il fallait que j'enjolive, que j'extraie ce qu'il y avait de bien. Difficile, alors même que la douleur recommençait. Marie me lança un regard compatissant. Que pensait-elle avoir compris ? Ce fut comme un déclic et je lui racontai ma rencontre avec Solal, notre appartement avec vue sur la mer, le Sud. Marie souriait. Je sentais que je ne parvenais pas à la convaincre. Il fallait la provoquer pour mieux la calmer. J'observai son faux Chanel à mes pieds et les arguments se formèrent aussitôt. Je lui dis que Solal était un grand avocat, qu'il gagnait très bien sa vie, que, de mon côté, je dirigeais la plage la plus réputée de Nice, que jamais je n'aurais pensé avoir accès à une telle aisance financière.

Je n'exagérais pas. L'argent, ou plutôt l'absence d'argent, avait toujours été une obsession, pour elle comme pour moi. Et pour cause, nous en avions manqué. Mes parents avaient plus de moyens que Brigitte, mais nous ne roulions pas sur l'or. Ils m'avaient prévenue qu'à partir de dix-huit ans, je devrais me débrouiller seule. La période de mes études et mes premières années dans la vie active m'avaient laissé une cicatrice. J'étais terrorisée à l'idée de finir à la rue, de ne pas trouver d'emploi. S'il m'arrivait une tuile ? Un imprévu ? J'en avais des insomnies.

Je connaissais tous les prix des supermarchés, redoutais d'être invitée à dîner et d'arriver les mains vides. Je resquillais dans le métro, me coupais les cheveux seule, achetais des teintures pour entretenir mes vêtements afin que les couleurs ne passent pas trop vite. À cette époque, Marie vivait avec Édouard, à l'abri de tout. Moi, je passais mon temps libre à courir les jobs.

En sortant de ma « grande école de commerce », j'acceptai les postes les plus ingrats, mais les mieux rémunérés. Je subissais des horaires insensés, me mettais une pression totalement disproportionnée, mais je me faisais un nom dans le milieu du marketing. J'étais devenue une référence en matière de commercialisation des couches en Europe du Sud et, plus tard, en Afrique. Je passais des journées à étudier les comportements des bébés et de leurs parents selon les pays, les régions. J'étais incollable.

J'eus bien sûr mon lot de supérieurs déshumanisés et égocentriques. L'un d'eux fut particulièrement cassant. Chaque jour, je devais refaire mes présentations un nombre incalculable de fois. Il était manipulateur, cherchait à connaître ma vie privée pour pouvoir s'en servir. Je mis du temps à comprendre ce jeu malsain. Je constatais juste que j'avais des malaises à répétition, que je prenais du poids, que ma poitrine se serrait chaque fois que j'arrivais au bureau. Je finis par m'écrouler. *Burn-out* sévère, interdiction de retourner au travail pendant deux mois, de répondre au téléphone ou de regarder mes mails. J'étais terrorisée : ne pas travailler pendant deux mois ? Et les prestataires, les campagnes publicitaires, les études, les tests produits ?

Le médecin tint bon et cette oisiveté forcée fut une réelle épreuve. J'y parvins au bout de trois semaines. À la fin des deux mois, ma vie entière me semblait dénuée de sens. J'avais décidé de partir en vacances pour faire le point, réfléchir à mon avenir professionnel. Gagner de l'argent, oui, mais pour mourir d'une attaque à quarante-cinq ans ? J'avais pris un billet pour la Côte d'Azur, et j'étais tombée amoureuse. De Solal et de cette région. Mon expérience me permit d'obtenir un poste de direction sur une plage réputée et ma vie changea en quelques mois.

— Et vous ne prévoyez pas de faire des gosses ? demanda Marie.

Une gifle. Mes lèvres se pincèrent. Impossible d'évoquer les FIV et encore moins la fausse couche qui s'annonçait.

— Pour l'instant, on est bien comme ça… Un jour, peut-être ! lui répondis-je avec un entrain mensonger.

— De toute façon, les mômes, c'est surtout des emmerdes.

Je ne trouvai rien à lui répondre. Ce discours, je le connaissais par cœur. On ne fait pas d'enfants pour être heureux, mais parce qu'on est heureux. On les fait pour leur donner la force de nous quitter un jour. Est-ce que j'avais vraiment envie de faire à quelqu'un ce cadeau empoisonné qu'était la vie ? Tous ces arguments n'avaient plus de secret pour moi. Les illusions des mères qui s'extasiaient devant leur nouveau-né, puis déchantaient face à la responsabilité qui les accablait désormais. Pire encore, quand leur rejeton entrait dans l'adolescence et qu'elles découvraient l'ingratitude. Certaines de mes amies étaient face à des enfants qui avaient grandi trop vite et qu'elles ne reconnaissaient plus. Peut-être, mais moi aussi, je voulais qu'on m'accorde la possibilité d'être un jour une mère déçue.

Marie sentit-elle ma vague de tristesse ? En tout cas, elle se tut. Puis une ombre passa sur son visage. Ce n'était pas flagrant, mais il y eut comme une absence. Elle conduisait sans être vraiment là. Elle se mit à accélérer. Suffisamment pour que la route m'apparaisse plus étroite.

Ses mains se crispèrent sur le volant et je commençai à avoir peur. La tension était palpable. J'étais dépassée. Bientôt un panneau annonça un virage dangereux. Je le vis se dessiner au loin, bordé d'arbres. Marie le fixait aussi. Les arbres grossissaient à mesure que nous approchions. Terreur. Mon cœur cognait dans ma poitrine. Les arbres étaient à quelques mètres, énormes, et je fixais Marie, stupéfaite. Pourquoi ne ralentissait-elle pas ? Je voulais crier, mais impossible. Je n'arrivais pas à croire à ce qui était en train de se passer.

Son regard était vide. Dans quelques secondes, si elle ne réagissait pas, nous allions nous encastrer dans un des platanes. Il y eut une secousse, un trou dans la chaussée. Un déclic et je me mis à hurler. Marie sursauta et braqua. Soudain hors de contrôle, la voiture dévia et heurta la barrière de sécurité. Sous l'impact du choc, les phares explosèrent. Nous dévalâmes la pente qui menait tout droit à la rivière. Je poussai sur le toit de la voiture, comme si ça pouvait m'aider à en sortir.

Un fracas. L'eau gicla sur les vitres et le pare-brise. L'avant de la Ford plongea dans le Jourdan. La voiture s'immobilisa dans un équilibre temporaire. Nous poussâmes sur les portières avec nos jambes pour nous dégager.

— Tu n'as rien ? demandai-je à Marie.

Elle fit non de la tête. J'étais sonnée. Mes pieds s'enfonçaient dans l'eau boueuse. Des tas d'insectes s'éloignaient à chacun de mes mouvements. Ça puait le moisi. Marie fixait la voiture sans bouger.

— Mais enfin qu'est-ce qui t'a pris ?

— Je suis désolée…

— T'es complètement folle ! T'as failli nous tuer !

— J'ai pas fait exprès, j'te jure, je pensais à autre chose !

— Tu peux me dire ce qu'on va faire maintenant ?

Marie haussa les épaules. Elle gagna la rive et contempla la voiture à moitié engloutie qui dérivait. Je mis quelques minutes à la rejoindre.

— Merde ! Ma mère ! s'écria-t-elle.

Elle se précipita dans l'habitacle pour y chercher son sac. L'eau s'était infiltrée dans le plastique et elle dut extraire de ses mains les cendres souillées.

Elle les regarda, interdite, les jeta dans le fleuve et s'essuya sur son tee-shirt, comme s'il s'était agi de poussière sans importance. Puis elle évalua le contenu restant :

— Un peu plus ou un peu moins, ça changera rien.

Je fixais nos affaires qui flottaient dans un liquide verdâtre. Nous étions passées à deux doigts de la mort, avions perdu une partie des restes de Brigitte et Marie semblait impassible. Comment pouvait-elle rester si calme ? Qu'est-ce qui clochait chez cette fille ? La fureur laissa place à la peur. Pourquoi l'avais-je suivie ?

32.

— FAUT QU'ON APPELLE les pompiers, finis-je par dire.

Mon téléphone affichait « aucun signal ».

— T'as du réseau, toi ? demandai-je à Marie.

— Non.

Impossible de joindre qui que ce soit. J'avais envie de hurler. C'était toujours pareil avec elle, des galères, encore et toujours des galères ! Elle choisit ce moment pour se planter devant moi et me prendre en photo, la voiture accidentée en fond. Elle souriait. Nous étions perdues au milieu de nulle part, notre voiture échouée dans la rivière, et elle, ça l'amusait !

— Ça va, détends-toi !

— Comment veux-tu que je me détende ?

Je sentis quelques gouttelettes d'eau sur mon nez. Je levai la tête vers le ciel. Un énorme nuage gris approchait du soleil. La luminosité diminua d'un coup et, en quelques minutes, la pluie se mit à tomber.

— Il faut regagner la route ! Vite ! dis-je.

Marie hocha la tête tout en regardant la voiture.

— Bah merde ! Après tout le mal que j'ai eu à trouver cette putain de bagnole !

Je n'avais plus envie de l'écouter. Je m'attaquai à la pente, mais glissais trop pour progresser. La route paraissait inatteignable. Je m'accrochais aux herbes qui craquaient sous mon poids et revenais au point de départ. Infernal. De quelques gouttes, l'averse avait laissé place à une pluie lourde. Le pull trempé, souillée de boue à force de retomber par terre, de l'eau dans mes chaussures, le pantalon collant, j'avais envie de pleurer.

— C'est bête quand même ! Je voulais tellement qu'on soit les Thelma et Louise de Normandie ! Sans la voiture, ça le fait moins..., déplora Marie.

Comment avait-elle le cran de me tenir ce genre de propos ? Je n'avais qu'une envie : lui plonger la tête dans la vase !

Quand le film était sorti, Marie avait décrété que j'étais Louise et elle Thelma. Selon elle, j'avais le même caractère. J'étais fiable, droite, et capable du pire si l'on s'en prenait à mes proches. J'aurais préféré être Thelma. Je trouvais Geena Davis plus jolie. Mais discuter avec Marie était peine perdue. Thelma, c'était elle. Tôt ou tard, elle se ferait piéger par les hommes, elle en était certaine, mais ce qui comptait, c'était qu'on ne se quitte jamais. À la vie à la mort, comme les héroïnes.

— Tu crois vraiment que c'est le moment de parler cinéma, Marie ? Mais bordel, t'as quoi dans la tête ? On va crever de froid si on remonte pas !

— Calme-toi enfin.

— J'ai pas envie de me calmer ! Tu nous as foutues dans la merde !

Elle soupira et s'engagea sur la pente. Elle dérapait aussi mais eut l'idée d'enlever ses chaussures et progressa à quatre pattes. Ça semblait fonctionner. Elle atteignit la route en quelques minutes.

— Fais comme moi, Nissou.

J'aurais tant aimé qu'elle trébuche ! Je dus pourtant me résoudre à l'imiter. Un filet d'eau s'échappa de mes chaussures quand je les ôtai. J'avais l'impression d'être un singe lâché au milieu de la jungle, jambes écartées, mains à plat sur le sol. Quand je fus presque au bord de la route, Marie me tendit la main et m'aida à me hisser. D'en haut, le spectacle de la voiture accidentée était plus navrant encore. Avec la pluie, elle continuait de s'enfoncer. À présent, l'arrière aussi était immergé. D'ici quelques minutes, elle aurait coulé.

— J'espère que t'étais assurée.

En guise de réponse, Marie haussa les épaules. Je vérifiai de nouveau mon portable, toujours pas de réseau. Avant l'accident, les kilomètres avaient défilé sans nous laisser voir une habitation à l'horizon. Mieux valait ne pas revenir en arrière. D'un pas lent, nous nous mîmes en marche à la recherche d'un abri. Au bout d'un moment, une voiture finit par passer. Nous lui fîmes signe, sautillant sur place. Peut-être trop. Elle ne s'arrêta pas. Je ne pus réprimer un doigt d'honneur, ce qui fit rire Marie. La pluie s'intensifiait encore. Le ciel était bas, presque noir. Une heure plus tard, tout au plus, la nuit tomberait. Il devenait urgent de trouver du secours. Sur notre gauche, des vaches nous observaient. Nous eûmes la même idée : s'il y avait des vaches, c'était que la ferme de leurs propriétaires n'était pas loin. Nous décidâmes de couper à travers champs.

Nous ne nous étions pas trompées. Une petite bâtisse de pierre recouverte d'un toit de chaume se dressait à quelques centaines de mètres de la route. De la fumée s'échappait de la cheminée.

33.

L'homme qui nous avait ouvert se nommait M. Hébert. Petit, trapu, dans les soixante-dix ans. Il était producteur de lait et de cidre artisanal. Il avait été étonné de découvrir sur le pas de sa porte deux jeunes femmes trempées jusqu'aux os, qui quémandaient de l'aide. Notre histoire le dépassait un peu, l'accident, l'absence de destination précise, juste la mer comme point de mire. Il avait appelé sa femme à la rescousse. Elle avait été pragmatique : il faisait nuit, il était trop tard pour récupérer la voiture et il n'y avait pas d'hôtels dans les environs. Elle nous avait proposé de nous héberger, nous y verrions plus clair le lendemain.

Martine Hébert ressemblait beaucoup à son mari. C'était troublant. Elle nous avait prêté de longues chemises de nuit qui avaient dû être blanches des années auparavant mais qui tiraient à présent sur le jaune, élimées aux coudes, avec une odeur de renfermé. Marie et moi nous étions lancé un regard dégoûté, mais nous n'étions pas en mesure de refuser. Martine Hébert nous avait ensuite conduites dans l'ancienne chambre de ses fils, partis travailler à Caen. Elle s'était emparée de nos vêtements souillés et les avait fait sécher sur un fil tendu au-dessus d'une baignoire à l'ancienne, avec des pieds en forme de griffes. À nous de les récupérer quand ils seraient secs. Je me demandais comment j'allais pouvoir remettre des fringues aussi sales, mais j'évitai tout commentaire. Elle nous avait aussi abreuvées de recommandations.

— Vous les jeunes, vous voulez toujours brancher vos portables, mes fils c'est pareil. C'est trente minutes de recharge chacune, pas plus. Si vous voulez téléphoner, le seul endroit où ça capte, c'est au fond de la cour, dehors. Et on n'a pas de vifi.

Elle prononçait « vifi » au lieu de wifi.

— Pas de vifi, mais du cidre et du silence ! précisa-t-elle.

Puis elle avait éclaté de rire, découvrant un sourire auquel il manquait quelques dents.

J'étais sortie quelques minutes pour téléphoner à Solal. Je tenais à lui dire où j'étais et ce qu'il en était de ma grossesse. L'accident de l'après-midi m'avait chamboulée. Sur le coup, l'urgence et la colère avaient pris le dessus, mais peu à peu, je compris que nous aurions pu y rester. Solal aurait appris par des flics normands que j'avais été retrouvée morte aux côtés d'une femme qu'il ne connaissait pas, tuant notre enfant au passage…

Le bébé était déjà mort, mais ça, il ne l'aurait pas su. Il méritait la vérité, aussi dure soit-elle.

— J'allais t'appeler ! me dit-il en décrochant aussitôt.

— Les grands esprits…

— J'ai une super nouvelle !

Je m'attendais à ce qu'il me raconte son audience.

— J'ai trouvé un berceau anglais du dix-neuvième siècle, entièrement restauré ! Il est splendide ! Tu le verrais... Je l'ai commandé, on le recevra d'ici quelques semaines. Bon, il était pas donné, mais ce bébé, je veux qu'il ait tout.

Solal continua à me décrire sa trouvaille. Son enthousiasme me fit mal. J'aurais tant aimé me laisser entraîner par sa joie, la partager... Je n'eus pas le courage de le démolir. Je ne pouvais pas lui annoncer la fin du rêve par téléphone.

— Je suis fatiguée, mon ange, je vais me coucher, finis-je par conclure.

— D'accord, repose-toi bien.

Le cœur serré, j'allai raccrocher quand Solal me retint :

— Anaïs !

— Oui ?

— Je t'aime.

Je coupai la ligne pour qu'il ne m'entende pas pleurer. Je me sentais minable. L'herbe mouillée balayait mes jambes nues tandis que le vent se faufilait sous ma fine chemise de nuit. Les vaches meuglaient, un chien aboyait. J'avais l'impression de n'être rien, que bientôt, le monde m'engloutirait.

— Nissou, tu viens ? m'interrompit Marie, posant sa main sur mon épaule. Martine veut qu'on l'aide à faire à bouffer.

— J'arrive.

— Ça va ? T'as pas l'air bien.

— Si, t'inquiète, répondis-je, l'air aussi convaincu que possible.

Nous aidâmes Martine Hébert à trier des lentilles, à découper du lard et des oignons qu'elle fit rissoler dans du beurre. Les lentilles cuisaient dans une marmite à côté. Quand elles furent à point, elle les égoutta et les versa dans la poêle. Elle ajouta deux louches de crème fraîche et laissa mijoter quelques minutes. Pour sûr, ce type de régime devait tenir chaud ! Durant tout le repas, les Hébert ne prononcèrent pas un mot. Nous les imitions, gênées.

Je ne parvins pas à finir mon plat, Marie non plus. Martine nous jeta un regard mauvais, mais c'était ça ou ne pas dormir… Le couple se planta devant la télévision. Marie et moi regagnâmes la chambre à coucher.

— Et pour la dépanneuse ? demandai-je, une fois que nous fûmes seules.

— Quoi, la dépanneuse ?

— T'as appelé ?

— Non, là, c'est trop tard, on verra demain…

— Mais t'es pas assurée ?

— Si ! Bien sûr !

— Normalement, les assurances c'est vingt-quatre heures sur vingt-quatre !

— J'ai pas envie maintenant. Ça changera quoi, de toute façon ? La voiture est foutue.

Je n'insistai pas. J'étais épuisée. Après tout, ça ne me regardait pas. Nous nous allongeâmes dans les petits lits des fils Hébert, séparés de quelques centimètres à peine. Le silence de la campagne alentour m'impressionnait. Dehors, la nuit était noire, la lune cachée par les nuages.

34.

— TU DORS ? me demanda Marie au bout d'un moment.

— Non.

— Tu crois qu'ils sont cousins ?

— Qui ?

— Les Hébert !

— T'es con !

Nous éclatâmes de rire.

— Purée, ça rigole pas chez eux ! insista-t-elle.

— Et chez toi, ça rigolait peut-être ?

— Chacun sa merde !

Puis après un temps :

— C'est le genre d'histoire qu'Édouard adorerait !

— Ah bon ?

— C'est son truc, les mélanges de cultures.

— Il va se foutre de nos gueules, oui ! objectai-je.

— Je dois déjeuner avec lui après son mariage, ça mettra de l'ambiance, plaisanta Marie.

Je me retournai.

— Mais… Tu seras pas au Maroc ?

— Si ! Enfin non, je déjeune avec lui juste avant de partir, bredouilla-t-elle.

Marie m'avait dit qu'elle s'en allait quelques jours plus tard, que dans une semaine à peine, elle serait loin, avec ses nouveaux amis, son nouveau travail. Était-ce encore un de ses mensonges pour que je la suive ?

— C'est vrai, cette histoire de Maroc ?

— Bien sûr que c'est vrai ! Tu veux voir mon visa peut-être ?

Elle s'agitait, comme si je venais de l'accuser d'avoir volé la couronne de la reine d'Angleterre.

— OK, OK... Je te crois.

Je repensai à sa rencontre avec Édouard. J'avais du mal à comprendre leur relation. De toute évidence, il l'aimait encore. Son inquiétude en témoignait. De son côté, Marie avait beau faire comme si elle se moquait de lui, Édouard était sa famille.

Je songeai à Solal et ressentis un nouveau pincement au cœur. J'avais tellement honte de lui mentir. Peut-être devais-je lui écrire ? « Mon amour, l'enfant est mort. Pardon. » Rien que de l'imaginer découvrant mon message, j'eus un haut-le-cœur.

Plus j'essayais de replacer les éléments dans leur contexte, moins j'arrivais à retrouver pour quelle raison exacte Marie et moi avions cessé de nous parler. Des dérapages, des actes manqués, des provocations, notre dernière dispute bien sûr, mais il y en avait eu tant d'autres. Pourquoi le lien s'était-il rompu ? Pour quelle raison nous étions-nous exclues l'une l'autre de nos vies ?

— Tu sais, j'ai souvent pensé à toi pendant toutes ces années, murmurai-je au bout d'un moment.

— Moi aussi.

— Je sais toujours pas pourquoi on s'était pas reparlé avant.

— C'est la vie, on s'éloigne, on se retrouve… Des histoires de gamines.

— Oui, mais justement, on aurait dû les dépasser.

— Parfois, il y a des choses qu'on peut pas dépasser. En ce qui nous concerne, je savais que tu devais partir, je l'ai toujours su. Mais tu me manquais.

— Tu parles de mon départ à Nice ?

— Mais non ! Au collège, quand tu m'as laissée… Enfin, quand t'es partie.

C'était donc ça ! Encore et toujours cette histoire… Ma faute. Mehdi m'avait mise sur la piste en me parlant de Valentin quand je l'avais appelé, je ne voulais pas y croire. Pourquoi laisser de nouveau les relents de cette année 1993 souiller le présent ? Aussi terrible que cet épisode ait été, il était loin désormais. Comment avait-il pu éloigner Marie de moi ? Je décidai de mettre les pieds dans le plat.

— Tu as des nouvelles de Valentin ? demandai-je.

Je sentis Marie se raidir.

— Je ne veux plus jamais parler de ça.

— Mais…

— Jamais Nissou ! T'étais pas là, t'étais pas là ! Le reste, ça te regarde pas, me coupa-t-elle. On s'est retrouvées, c'est ce qui compte, non ?

— Oui…

— Je voulais pas partir sans qu'on soit réconciliées, maintenant, on passe à autre chose, OK ?

J'acquiesçai sans grande conviction. Son changement de ton m'avait surprise. Comment pouvait-elle être encore aussi à vif pour une histoire vieille de presque vingt-cinq ans ?

35.

Cette année 1993 avait été jalonnée de nombreux événements qui en firent pour nous une année différente des autres. Nous étions en troisième, j'avais treize ans passés, Marie déjà quatorze. Durant l'été, Marie m'avait confié que ce serait sa dernière année à Bergson : elle comptait bien entrer à l'école de danse de l'Opéra de Paris pour devenir danseuse étoile. L'année précédente, son professeur avait jugé qu'elle avait encore besoin d'entraînement, mais là, elle était prête.

Marie touchait son rêve du doigt, moi, j'étais partagée. J'espérais qu'elle serait prise, elle ne vivait que pour la danse depuis si longtemps… Mais cette carrière me l'enlèverait à coup sûr. Elle fréquenterait des intellectuels, des privilégiés, elle deviendrait la muse d'artistes en vogue, ferait la une des magazines. Et je ne serais qu'un vieux souvenir, le symbole d'une enfance qu'elle voudrait oublier. Pourtant, je me taisais. Je l'aidais à faire ses devoirs, à réviser pour les interrogations. Je lui donnais mes fiches, la mettais en garde contre les pièges et pointais les détails importants dans nos leçons. Je voulais lui faire gagner du temps.

Pendant les vacances de la Toussaint, tous les troisièmes s'étaient donné rendez-vous le mercredi et le samedi matin à la patinoire Édouard-Pailleron. Je n'avais pas l'intention d'y aller, mais Marie m'avait convaincue. Elle avait besoin de se changer les idées, et patiner, c'était du sport quand même, ça ne risquait pas de la ramollir. Il y avait beaucoup de monde. Je me sentais invisible au milieu de cette foule de collégiens. Marie avait dû ressentir la même chose et espérer se faire remarquer.

Brusquement, elle enchaîna quelques figures de danse, une arabesque, des tours complets sur une jambe. La piste se vida. Il n'y avait plus un bruit. Sous les regards admiratifs, Marie évoluait sur le sol glacé. Elle était sublime, la grâce incarnée.

Mais en une fraction de seconde, tout bascula. Marie dérapa et se retrouva en grand écart par terre. Elle hurla de douleur.

— Nissou, ça a fait *crac* ! cria-t-elle en s'agrippant à moi.

— C'est rien, t'inquiète pas.

— Je te dis que je l'ai senti, ça a fait *crac*...

— Viens, on va se mettre sur le bord.

Mais elle n'arrivait pas à se relever. Deux garçons m'avaient aidée à la transporter sur un banc. Elle ne tenait plus sur ses jambes. J'avais demandé à Aminata d'appeler le SAMU. Ils étaient arrivés en une dizaine de minutes. Durant tout le trajet jusqu'à l'hôpital, Marie n'avait pas lâché ma main. Elle tremblait.

— Ne vous inquiétez pas mademoiselle, y'a rien de cassé, au maximum, c'est une bonne déchirure, avait tenté de la rassurer l'interne.

Il ne pouvait pas se douter qu'une déchirure, à ce moment-là, c'était ce qui pouvait arriver de pire à Marie.

La sanction était tombée après les examens. En début d'après-midi, le médecin nous annonça qu'elle s'était déchiré l'ischio gauche et une partie des muscles près de l'aine droite. Une catastrophe. Marie avait fondu en larmes. Elle devait rester immobile au moins deux mois et suivre ensuite un protocole de rééducation pendant des semaines. Elle avait tout de suite su qu'elle ne retrouverait jamais sa souplesse, ne serait jamais prête à temps pour le concours. Elle ne serait jamais danseuse étoile. Des années de privations, d'abnégation pour rien. Un faux pas, et son avenir avait filé entre ses doigts.

Les jours qui avaient suivi, elle était restée enfermée chez elle, déblatérant sur l'inégalité des chances. Elle ne cessait de répéter que lorsque l'on naît pauvre, la vie vous enfonce, peu importent les efforts déployés. Je la laissais parler, ça passerait, pensais-je.

36.

Était-ce la douleur liée à ces souvenirs ou les ronflements de Marie, mais j'étais mal dans le lit du fils Hébert. Les draps sentaient le moisi, la pièce était encombrée par deux énormes armoires en bois sombre, les vieux rideaux pesaient sur une tringle qui menaçait de tomber. Mon confort me manquait. Mon linge propre et repassé, le souffle de Solal à mes côtés et la lumière de mon appartement… J'essayais de penser à tout sauf à la suite de cette année maudite. Peine perdue.

Juste après le drame de la patinoire, une élève de quatrième était arrivée avec un voile sur la tête et, en quelques jours, la religion s'invita dans notre quotidien pour ne plus jamais en partir. Bien sûr, il y avait eu les propos antisémites de Sofiane quelques années plus tôt, mais nous étions passés à autre chose. Bien sûr, il était difficile de nier que dans ce quartier déjà pauvre, les plus pauvres étaient souvent noirs ou maghrébins, et que cela créait un sentiment d'injustice. Bien sûr, certains professeurs faisaient des différences selon les consonances des noms. Bien sûr, il y avait eu des signes d'engouement religieux, mais jusque-là, cela n'avait pas eu une grande importance.

Notre religion, c'était la musique, notre communauté, le sport. Ce qui se passait à la maison restait à la maison, la religion en premier. Pourquoi ? Parce qu'à cette époque, elle ne nous définissait pas. Nous trouvions les religieux de tous bords ridicules. Ce que nous étions n'avait rien à voir avec la situation dans laquelle nous étions nés, cette étiquette dont nous n'étions pas responsables. Nos goûts, nos efforts, nos plaisanteries, nos amis, et surtout nos actes étaient les seules distinctions valables pour exister. Mais Anissa changea la donne malgré elle en quarante-huit heures.

Un professeur refusa de faire cours tant qu'elle n'enlèverait pas son voile. Anissa s'y opposa, c'était contre sa foi. Gênés, nous n'avions pas osé prendre part à la discussion. Puis le ton était monté et le professeur, excédé, lança :

— Vous êtes en France ici, ma petite. Ce genre de coutumes du Moyen Âge, vous gardez ça chez vous.

Certains prirent sa défense. On venait assister à un cours, en quoi son habillement pouvait-il nous concerner ? Mais l'enseignant n'en démordait pas. L'agitation s'était intensifiée. Un élève fit remarquer au professeur qu'il avait une chaîne sur laquelle pendait une croix, c'était bien un signe religieux ! Certains élèves portaient une casquette, ça pouvait bien cacher une kippa ! Alors pourquoi ne leur disait-il rien à eux ? Parce qu'ils étaient des hommes ? La loi n'était donc faite que pour être appliquée aux faibles ? Puis un autre cria :

— C'est parce qu'elle est arabe, c'est tout !

La classe se figea.

— Vous êtes raciste, renchérit un troisième.

Le couperet était tombé. Furieux, le professeur tapa sur le bureau du plat de la main, faisant tomber un pot de crayons. Le bruit retentit comme un signal et la situation lui échappa complètement. Un élève renversa sa table, heurtant son voisin. Un cri retentit. Des coups partirent. Plusieurs minutes durant, des chaises valsèrent, quelques-unes furent projetées sur l'estrade. Un boucan infernal envahit la pièce. Les élèves des autres classes se massèrent derrière les vitres pour observer le carnage. Certains se joignirent à la mêlée, d'autres hurlaient des encouragements du couloir.

La situation m'était insupportable. J'avais été élevée par des parents juifs mais athées, dans l'esprit de la laïcité et pour moi, à l'école, on ne devait pas montrer sa religion, c'était ce que ma mère m'avait enseigné. Mes parents exécraient les institutions religieuses, catholiques, juives, musulmanes, sans distinction... Pour eux, les religieux étaient tous bornés, leur vie rythmée par des interdits archaïques et l'exclusion de tous ceux qui ne leur ressemblaient pas. Ma mère surnommait les rabbins des « cafards ». Mes grands-parents étaient fiers de jeûner à Kippour « entre les repas ». Quel imbécile pouvait croire en Dieu après Auschwitz ? Après les guerres ? Les atrocités des hommes ?

J'avais pensé pouvoir raisonner mes camarades, calmer cet emportement qui, en réalité, ne tenait qu'au fait que personne n'expliquait vraiment ce qui était en jeu. J'étais montée sur mon bureau pour crier mon indignation. Je n'avais pas eu besoin de réfléchir, les phrases s'étaient formées d'elles-mêmes, avec des mots tranchants, des formules chocs. J'avais décrit la république, ce qu'elle garantissait et ce que nous devions lui rendre en retour, la nécessité d'être à l'école uniquement pour partager un socle commun de valeurs citoyennes. J'avais interpellé les uns, cloué le bec aux autres et, au bout d'un moment, le silence s'était fait. Quelques minutes, je crus avoir gagné. Ce n'était que justice après tout, la raison devait l'emporter...

— En vrai, c'est Sofiane qui avait raison ! lança un élève qui ne parlait presque jamais. Vive les fours à micro-ondes !

Et le chaos reprit le dessus, sauf que cette fois-ci, j'en étais la cible. Les surveillants se mirent à plusieurs pour ramener l'ordre. Les élèves les plus forts furent maîtrisés, les plus bavards envoyés en colle. Deux à l'infirmerie.

Le proviseur convoqua Anissa et l'expulsa l'après-midi même. Mais plutôt que de régler le problème, cette décision ne fit que l'aggraver. Du jour au lendemain, la religion se mit à nous définir puisqu'elle avait le pouvoir de décider qui était renvoyé et qui devait se taire... Les professeurs n'hésitaient plus à critiquer les pratiques religieuses des uns et des autres, des bagarres éclataient à chaque récréation entre Portugais et Algériens, Tunisiens et Chinois, Sénégalais et Français... Alors que français, nous l'étions tous. Malheureusement, le rejet d'Anissa avait réveillé une souffrance, un besoin d'appartenance qui effaçait des années à vivre ensemble dans une paix relative.

L'ambiance entre les élèves et les professeurs était tendue, elle l'était encore plus entre élèves. Nous en étions malades. Marie s'était mise à fumer, moi à manger plus que de raison. Ce que j'avais fait dans la classe s'était su et, pour certains camarades que je connaissais depuis toujours dans le quartier, j'étais devenue une traîtresse, raciste qui plus est. Je n'avais pas plus de soutien du côté des enseignants. Brigitte avait d'ailleurs été convoquée par notre professeur principal qui n'avait pas hésité à lui dire que si Marie fumait, c'était de ma faute, qu'une bonne petite Française comme Marie ne devrait peut-être pas fréquenter une fille comme moi, que j'avais une mauvaise influence sur elle. Alors que je n'avais jamais touché à une cigarette de ma vie… Pour les professeurs, j'étais trop frisée, pour mes anciens camarades, pas assez… Le racisme avait pris le dessus, sans aucune cohérence, comme si chacun avait laissé apparaître une personnalité haineuse qu'il avait enfouie jusque-là. Je m'étais dit que ça allait se tasser, qu'il fallait faire profil bas. Je connaissais mon quartier, ils ne pouvaient pas tous devenir fous pour des histoires de foulard ! On avait dépassé le stade des croisades et de la Saint-Barthélemy ! Il faut croire que je n'étais pas une grande sociologue.

La rumeur selon laquelle j'avais défendu le professeur se propagea à la vitesse de la lumière. En retour, je reçus des insultes d'abord, puis des coups. Mes copines de toujours, Nawel, Aminata, Gloria et Chan m'avaient conseillé de faire comme si de rien n'était, ils déliraient, ils finiraient bien par se rendre compte qu'avec mon nom et ma gueule, je ne pouvais pas être raciste ! Marie s'en fichait. Le seul à me défendre franchement était Mehdi. Malheureusement, il n'était pas toujours là. Toutes ces histoires de religion le déprimaient. D'abord son frère, sa sœur, et maintenant ses amis d'enfance. Selon lui, tôt ou tard, il y aurait la guerre.

Un soir, trois garçons m'avaient attendue à la sortie des cours. Ils m'avaient menacée et le plus grand m'avait frappée. Mes lunettes s'étaient cassées en deux. Ça les avait fait rire. J'avais ramassé les morceaux et couru jusque chez moi sans me retourner. J'avais fondu en larmes dans les escaliers. Je ne savais plus quoi faire. Aujourd'hui les lunettes, et demain ? Mais j'avais honte d'en parler à mes parents. Je ne voulais pas faire d'histoires ou qu'ils me reprochent de m'être mêlée d'un problème qui n'était pas le mien. J'étais rentrée chez moi en séchant mes larmes et, en vitesse, j'avais réparé mes lunettes avec du scotch, persuadée que ça ferait l'affaire.

Évidemment, ma mère l'avait remarqué et m'avait bombardée de questions. Face à son insistance, j'avais fini par lui expliquer la situation.

— Mais c'est pas possible ! Pourquoi faut toujours que tu la ramènes, avait-elle d'abord déploré.

Je lui avais rétorqué que je n'avais fait que répéter ses préceptes. Ça l'avait calmée. Elle avait attendu que mon père rentre du travail pour convoquer un conseil de famille. Je ne pouvais pas continuer à prendre des coups.

Mon père se rendit au collège dès le lendemain pour faire le point avec le proviseur. Il ne put même pas atteindre son bureau. Les élèves le chahutèrent. Il était un « chien », « un sale riche » parce que juif. Certains l'accusèrent d'être raciste et lui décochèrent des remarques plus racistes encore ! On marchait sur la tête. Mon père, qui toute sa vie n'avait dormi que quatre heures par nuit pour nous sortir de notre misère, qui travaillait tous les week-ends et les vacances, s'était vu réduit à un cliché tout droit sorti de la propagande nazie.

En observant ces élèves que je connaissais depuis toujours le bousculer avec violence, je m'étais effondrée. J'étais entourée de monstres qui avaient tout oublié, qui ne réfléchissaient plus. Hassen était au premier rang, aux côtés de Sofiane. Il y avait aussi tous les ex de Marie, Carlos, Romuald, Didier, Abdulaye et son frère, l'amant de Brigitte, Douglas, que j'avais tant aimé et qui m'avait préféré Marie... Et beaucoup d'autres que j'avais croisés des années durant, dans la rue, la cité, l'école. En m'apercevant, Adama, resté en dehors de la foule, était venu vers moi.

— C'est pas cool ce qui se passe, Pussycat...

— Mais pourquoi ils font ça ?

— Je sais pas... pas le choix. Sinon, on nous respecte pas.

— Qui ça, « nous » ?

Il n'avait pas su quoi répondre.

— Adama, c'est mon père ! C'est moi ! m'étais-je écriée.

— Désolé, sister.

Puis il avait levé les bras au ciel et s'était éloigné.

37.

Je me blottis sous les couvertures des Hébert. Tant d'années plus tard, je n'avais toujours pas d'explications à ce qui s'était passé. Marie y avait-elle déjà repensé ? J'avais beau chercher, il n'y avait pas de logique.

Jusqu'en 93, au collège ou dans la cité, nos seuls ennemis communs avaient été les fachos. Eux d'un côté, nous de l'autre, pas d'entre-deux. Le vrai « cool » c'était de marcher avec une main jaune collée au sac à dos, celle de SOS Racisme, de lutter pour l'égalité des « races » quand les « races » ne signifiaient rien à nos yeux, quand les races n'importunaient que les haineux. Nous tous, la communauté des jeunes Français contre eux. Eux qui se servaient de notre religion ou de notre couleur de peau pour nous exclure alors que la laïcité était naturelle dans notre façon de vivre. Qu'est-ce qui avait changé ? Pourquoi ?

J'avais passé des nuits, des semaines à y réfléchir. J'en étais arrivée à la conclusion que quand la religion s'en était mêlée, le « nous » s'était dissous dans des petits groupes. Nos différences avaient pris le dessus alors que, des années durant, notre but avait été de nous concentrer sur ce qui nous liait, ce qui faisait qu'on se ressemblait quelles que soient notre couleur ou notre éducation. Un bout de tissu avait déclenché une vague de communautarisme. On se distinguait par une religion, un pays dont on était enfant ou petit-enfant d'immigré, puis une région de ce pays, une ville, parfois même un quartier. Pour pouvoir s'entendre, la zone d'appartenance originelle devait être de plus en plus restreinte.

À la maison, le verdict tomba : j'allais changer d'établissement dès la semaine suivante. Tant pis, mon père travaillerait plus encore, on se serrerait la ceinture, mais j'irais dans une école privée des beaux quartiers parisiens, là au moins, il n'y aurait pas ce genre d'intolérance. Mais je découvris très vite une nouvelle forme de racisme…

Le temps d'organiser mon départ, ma mère me suivait en voiture lors de mes déplacements dans le quartier. Elle me filait lorsque j'allais chez Marie, me rendais au collège. Elle roulait à une dizaine de mètres derrière moi, une bombe lacrymogène dans la poche, prête à intervenir si on m'attaquait. Ma mère, qui était plus petite que moi et aussi frêle que les sixièmes… Mais ça rassurait mes parents, les confortait dans leur rôle protecteur.

Les années ont passé depuis et je ne sais toujours pas qui fut coupable de ce chaos… Anissa et son voile ? Elle aussi cherchait une issue, au fond. Peut-être subissait-elle des pressions ? Peut-être pas. Les professeurs ? Certains avaient de mauvaises raisons de refuser le voile, pour eux, c'était les invasions arabes qui recommençaient... Mais d'autres croyaient vraiment que l'école devait être un lieu neutre, où la religion n'avait pas sa place. Pouvait-on les en blâmer ? Ma grande gueule ? Avec ou sans moi, le problème aurait été le même. Je serais peut-être restée à Bergson, ça aurait été la seule différence... Était-ce la religion alors la grande fautive ? Mon éducation athée m'avait d'emblée désigné cette coupable, mais Mehdi m'avait fait douter.

— Le problème, ça a jamais été la religion, Anaïs. Le problème, c'est les connards.

Vingt-cinq ans plus tard, je cherchais toujours la cause de ce basculement qui m'avait valu de m'exiler et de quitter tous mes amis, malgré leur trahison, enfin surtout, de quitter Marie.

Le soir où je lui avais annoncé que j'étais inscrite ailleurs, je m'étais attendue à des cris, à ce qu'elle me supplie de rester.

— Pour nous, ça changera rien, tu sais, avais-je insisté.

Elle s'était levée, appuyée sur les béquilles que l'hôpital lui avait prêtées depuis l'accident de la patinoire, et avait regardé par la fenêtre, me tournant le dos.

— Je préfère que tu t'en ailles.

— Pourquoi ?

— T'as plus rien à faire ici.

— Mais qu'est-ce que tu racontes ? m'étais-je emportée.

Elle m'avait fixée dans les yeux et avait marqué un temps. Ils étaient noirs, si plissés qu'ils semblaient fendre son visage.

— T'as choisi de me laisser, tu vas assumer, Anaïs.

— J'ai rien choisi du tout ! Tu le sais très bien.

— Si t'avais voulu rester, t'aurais trouvé un moyen. T'as eu une occasion de te tirer d'ici, tu l'as saisie. Maintenant, t'assumes.

Jamais je ne m'étais sentie aussi seule. C'était injuste de la part de Marie et j'espérais bien me trouver de nouveaux amis puisque je m'étais trompée sur la seule que j'avais eue jusque-là.

38.

J'ÉTAIS ARRIVÉE au Cours privé international un lundi de novembre. Un bel immeuble haussmannien du 17e arrondissement, près du parc Monceau où se déroulait la récréation. Quand j'entrai dans la salle de cours, les élèves me dévisagèrent avec une hostilité teintée de mépris. Ils avaient fixé mes baskets, mon jogging. J'avais gardé mon style made in 19e, je n'avais pas d'autres vêtements. Le professeur de français avait obligé une élève à enlever son sac de la chaise à côté d'elle pour me laisser m'installer.

À la pause, des curieux m'avaient demandé d'où je venais, ce que je faisais là, si j'allais rester longtemps. Tous me regardaient comme si j'arrivais d'un pays en guerre. Les cités, les quartiers difficiles, pour eux, c'était l'étranger. Et dans cette école, j'ai découvert la solitude.

J'étais la seule à prendre le métro pour venir en cours. Je traversais Paris deux fois par jour, fascinée par la ligne 2. « Nation / Porte-Dauphine », une belle métaphore de l'ascension sociale. À l'aller, de Stalingrad à Barbès, je partageais le wagon avec des ouvriers en bleu de travail et des petites racailles mâchant leur chewing-gum bouche ouverte. De

Barbès à La Chapelle, on parlait malien, ivoirien, et les femmes portaient de gros sacs à carreaux. Puis le métro aérien s'engouffrait sous terre. À Place-de-Clichy, l'ambiance changeait. On arrivait dans le cœur de Paris. Villiers, à la France métissée se mêlaient les attachés-cases qui bousculaient tout le monde avec mépris pour entrer. On était dans le quartier de l'aisance et de tous les possibles… Courcelles, je descendais, et chaque soir, je retrouvais mes semblables, les visages colorés, le wax et les baskets. Bienvenue à Stalingrad.

En classe, on me parlait peu, alors je m'asseyais dans un coin et je les écoutais bavarder de golf, de bateau, de marques de vêtements dont je n'avais jamais entendu parler.

Autre mot inconnu : les *chalalas*. Je pensais qu'il s'agissait d'une référence à une chanson, en fait c'était un nom qui sous-entendait plusieurs critères d'appartenance. Vestimentaires d'abord, il fallait porter des jeans extrêmement serrés, ça me changeait des baggys du 19e… Je trouvais étrange de voir ces garçons habillés en filles, mais je n'osais pas les critiquer. Le jean devait être retroussé plusieurs fois pour laisser apparaître des chaussettes Ralph Lauren et des petites tennis. Chemises Façonnable, Anne Fontaine ou que sais-je, et manteau en cachemire si possible. Beaucoup possédaient une voiture sans permis et venaient à l'école avec. À quatorze ans. Ils avaient au poignet des Rolex, Breitling, Tag Heuer, des bracelets Hermès. Pour être *chalala*, il fallait porter pour environ vingt mille francs de vêtements et accessoires différents chaque jour.

Mais les critères ne s'arrêtaient pas là. Cheveux gominés pour les garçons, brushés pour les filles. Il fallait traîner place de l'Opéra ou place des Ternes les samedis, acheter des choses inutiles chez Bathroom Graffiti, être fasciné par les sacs, les voyages à l'autre bout du monde, et aspirer à devenir une star, un champion, quel que soit le domaine, mais que ça rapporte. Et enfin, ne pas se mélanger. Les *chalalas* ne sortaient qu'entre eux, ne s'accouplaient qu'au sein de leur espèce. J'avais vite découvert qu'il y en avait dans la plupart des lycées des 17e et 16e arrondissements et parmi eux principalement des juifs, mais aussi des catholiques et des musulmans, tous fils de ministres, d'ambassadeurs, parfois même de rois d'Afrique.

Le monde se fissurait sous mes pieds. Mes codes volaient en éclats, mes valeurs ne signifiaient plus rien. Je me sentais exclue, et je ne voyais aucun moyen de m'intégrer. Pourtant, après ce que je venais de vivre dans le 19e, je ressentais la nécessité d'être entourée, acceptée. Cesser d'être critiquée par cette nouvelle bande était devenu mon seul but. J'étais juive, restait à devenir *chalala*...

Je cherchais des solutions. Les montres Rolex et les voitures sans permis, impossible même de les envisager, mais les chaussettes Ralph Lauren, ça devait pouvoir se tenter... Un samedi, j'avais traîné ma mère place de la Madeleine et l'avais suppliée de m'en acheter une paire. Quarante francs ! C'était plus que mon budget chaussettes annuel ! Pourtant, ma mère avait accepté, étonnée par ce style de « vieux riche de country club ».

— Tu comprends rien, avais-je répondu, bien qu'ayant du mal à ne pas lui donner raison.

Fière comme un paon, j'avais arboré mes chaussettes le lundi matin, en veillant à retrousser mon jean pour laisser apparaître l'écusson en forme de cheval.

— Tu les as mises à l'envers, me lança Lisa, une des filles de la bande.

J'avais beau vérifier, mes chaussettes étaient à l'endroit.

— Chez les filles, l'écusson doit être à l'intérieur pour quand tu croises les jambes… Là, tu les portes comme les garçons, soupira-t-elle avec lassitude.

Je filai aussitôt dans les toilettes pour rectifier mon erreur. L'espace d'un instant, j'avais frôlé le malaise. Mais j'avais décidé de m'accrocher. Ces chaussettes, je les lavais chaque soir et les portais le lendemain, comme il fallait. J'essayais de me convaincre que ce sésame m'ouvrirait les portes du monde des ados populaires du 17e.

39.

DEUX MOIS PLUS TARD, j'entrai enfin dans ce monde de riches héritiers grâce à un exposé de géographie. Nous devions former des binômes. Je m'étais attendue à me retrouver seule, mais Lisa m'avait fait signe.

— On se met ensemble ?

— Moi ? m'étais-je étonnée.

— Bah oui ! T'es meilleure que moi, j'y arriverai pas sinon.

J'avais bien sûr accepté. Les conditions étaient claires : c'était à moi de me déplacer. « Trop d'Arabes et de Noirs dans le 19e », sa mère avait peur. Elle m'avait dit ça avec un naturel qui m'avait déconcertée. J'avais hésité, mais je n'avais pas vraiment le choix. Finalement, la curiosité l'emporta.

Je découvris avenue de Wagram un appartement de trois cents mètres carrés. Je croisai sa petite sœur Laura, Speranza et Latifa, les femmes de ménage. Je m'étais aussitôt sentie proche des employées de maison qui me firent comprendre que c'était réciproque. Les sœurs semblaient plus liées à ces deux femmes qu'à leurs parents, souvent absents. Lisa se rendait-elle compte que Latifa faisait partie des « Arabes des cités » qu'elle refusait de croiser en venant chez moi ?

Dans la chambre immense de ma camarade, une télévision occupait tout un pan de mur. Au pied de sa chaîne hi-fi dernier cri, des disques de chanteurs que je ne connaissais pas, Jean-Jacques Lafon, Richard Cocciante. À côté de son lit, une énorme valise remplie de vêtements.

— Tu pars en vacances ? avais-je demandé.

— Non ! C'est pour donner ! J'ai plus de place.

Des chemises Ralph Lauren en parfait état, des jeans, des pantalons à pinces, des vestes en cuir... Tout ce dont je rêvais depuis mon arrivée dans cette école, tout ce qui me manquait pour être enfin libérée de mon isolement insupportable.

— Si y'a des trucs qui te plaisent, sers-toi.

Lisa avait compris. J'avais eu envie de lui sauter au cou et m'étais aussitôt plongée dans la valise. Mais un souvenir avait freiné mon élan. Dans la cour de l'école primaire, j'avais aperçu un jour une fille, mes vieilles baskets aux pieds. Ma mère donnait tout ce dont je ne me servais plus. Je m'étais sentie dépouillée, mais supérieure aussi. Puis, j'avais eu honte de ce sentiment. Chez Lisa, la situation s'était inversée. J'étais devenue la pauvre de service, celle à qui on fait l'aumône. Partagée entre l'envie et la gêne, j'avais finalement laissé les vêtements magnifiques pour des plus pauvres que moi et nous étions passées à table. L'exposé ne me semblait pas compliqué, mais je m'étais rapidement rendu compte que Lisa n'étudiait pas et que son seul objectif était de trouver un mari pour ne pas avoir à travailler. Elle comptait sur moi pour compenser.

Cette superficialité m'étonnait. Que Lisa l'assume complètement m'impressionnait. Pourtant, une sorte de tristesse non avouée me touchait chez elle. Elle avait conscience d'être dans un moule. Plus intelligente qu'elle ne le laissait croire, elle avait compris qu'elle souffrirait moins en jouant les potiches. Devenir une femme indépendante impliquait une énergie pour se rebeller dont elle était dépourvue. Comment s'était-elle laissé convaincre de renoncer ? J'eus envie de creuser.

J'avais découvert que ses parents étaient divorcés, comme ceux de la plupart des élèves de ma classe, certes riches, mais seuls. Des parents sans cesse en voyage d'affaires, résidant parfois dans d'autres pays, avec des domestiques comme mères de substitution, de l'argent de poche à ne plus savoir qu'en faire, et l'ennui qui prenait le dessus. J'avais aussi découvert qu'à quatorze ans à peine, la majorité des collégiens du Cours international se droguaient. Souvent, ils se contentaient de haschich, mais certains sombraient déjà dans la coke. Ce désarroi me sidérait.

Cette vie dont j'avais tant rêvé, je la touchais enfin du doigt, mais je déchantais. Le cachemire était mité. Les immenses appartements étaient vides, les sentiments absents. Aucune solidarité ni profondeur. Seule l'apparence comptait. Je ne savais plus de quel côté je voulais me trouver.

40.

LA VEILLE DE LA PRÉSENTATION de notre exposé, Lisa paniquait. Ses notes étaient catastrophiques et sa mère lui avait promis un voyage à Los Angeles si elle remontait sa moyenne avant la fin de l'année. Je crois surtout qu'elle désirait, pour une fois, être remarquée pour autre chose que le prix de ses vêtements. Elle m'avait confié qu'elle m'avait beaucoup admirée lorsque notre professeur de français avait lu à voix haute une de mes rédactions.

— Toi, t'as toujours été intelligente comme ça ? m'avait-elle demandé.

J'en avais été stupéfaite.

— Je travaille beaucoup, Lisa…

— Mais qui t'a appris ?

Aux portes du lycée, elle découvrait l'effort.

Vers 21 heures 30, nous avions décidé de dîner. Sa sœur Laura dormait chez une amie. Latifa avait laissé un ragoût dans le frigo avant de partir, mais nous nous étions rabattues sur des sachets de nouilles chinoises déshydratées, goût curry. Nous avions apporté nos bols devant la télévision et mangé cette soupe en silence. J'avais observé Lisa à la dérobée, dans ce salon qui faisait la taille de mon appartement, seule face à un écran, avalant un plat sans amour, et je comprenais enfin son mal-être. Plus je la fréquentais, plus mon quartier me manquait. Marie me manquait.

Je n'avais plus de nouvelles d'elle depuis que j'avais changé d'établissement et j'avoue que j'évitais de remonter l'avenue de Laumière ou de passer place Armand-Carrel pour ne pas croiser mes anciens camarades. Marie avait-elle raison ? Avais-je abandonné mon enfance pour les paillettes d'une école de riches ? En tournant le dos à mon passé, j'avais aussi perdu une partie de moi-même et, amputée, je n'arrivais plus à avancer.

Après la présentation de notre exposé, Lisa était aux anges en recevant les félicitations du professeur d'histoire-géo. En sortant de cours, elle m'avait proposé de venir chez elle. Elle avait invité des filles de la classe à un goûter. Une occasion inestimable pour moi d'appartenir enfin aux *chalalas*. Mais je n'avais plus le cœur à faire semblant. J'avais refusé et Lisa l'avait mal pris. Elle avait organisé ce moment en mon honneur, pour que je puisse enfin m'intégrer et, en la snobant, je la ridiculisais. Elle avait promis des récits de quartiers chauds, assuré aux filles présentes que j'étais comme dans les films américains, avec de vraies histoires de racailles. Elle avait même demandé à Latifa de faire du pop-corn ! Trop pour moi.

En arrivant dans mon quartier, je m'étais aussitôt rendue place Armand-Carrel. Sans surprise, tout le monde y était. Je redoutais de me faire insulter de nouveau, mais à mon grand étonnement, ils m'accueillirent à bras ouverts.

— Comment ça fait trop longtemps qu'on t'a pas vue ! dit Abdulaye.

— Sérieux, pourquoi t'es partie ? enchaîna Hassen.

— C'est cool de te revoir Pussycat, glissa Adama.

Ces démonstrations d'amitié me sidéraient. Avaient-ils déjà oublié leurs propos ? La manière dont ils s'en étaient pris à mon père ? J'avais tout quitté à cause d'eux et, en quelques semaines, leur hostilité avait disparu. C'était absurde, incompréhensible. Je n'eus pas le courage d'essayer d'en savoir plus. Je demandai simplement des nouvelles de Marie.

Soudain, les visages s'étaient faits graves.

— Quoi ? Qu'est-ce qui se passe ? avais-je demandé.

— Rien, répondit Abdulaye.

— Arrêtez vos mythos, dites-moi.

Ils s'étaient regardés, avaient hésité un instant puis Adama m'avait expliqué qu'elle s'était mise à fréquenter des sales types des cités d'Ourcq et Curial. Il avait refusé de m'en dire plus, me conseillant de me renseigner par moi-même, ce que j'avais aussitôt fait, la peur au ventre.

41.

J'ARPENTAI LE CANAL, la rue de Crimée, vers la rue de Thionville et ses HLM. Marie n'était nulle part. Je remontais vers les Buttes-Chaumont quand, au détour d'une ruelle, je l'aperçus. Elle était adossée contre un immeuble en piteux état, entourée de filles que je ne connaissais pas. Je m'étais plantée devant elle. Ses yeux étaient rouges. Dans sa main, un joint. Elle avait beaucoup maigri.

— Marie, faut que j'te parle.

— J't'écoute.

— Pas devant tout le monde, viens s'il te plaît.

— Pourquoi ? J'ai rien à cacher, moi !

Je l'avais traînée de force. Elle boitillait encore.

— Qu'est-ce que tu fous, bordel ! m'énervai-je.

— T'es revenue pour me faire la morale ?

— Tu te drogues maintenant ?

— Fallait pas m'laisser, je t'avais prévenue.

C'était donc ça ! Elle se détruisait pour me faire payer mon départ. Comment osait-elle ? Pourquoi chercher à me blesser ainsi ? De rage, j'avais tourné les talons pour rentrer chez moi.

Allongée sur mon lit, j'observais ma chambre. Le rideau à fleurs assorti au couvre-lit. Au mur, ma collection d'échantillons de parfums, alignés dans un cadre de bois, côtoyait les posters de Michael Jackson, de Prince, de la série *Beverly Hills* et, sur les portes de ma grande armoire blanche, des photos de Marie et moi, depuis notre plus jeune âge. À mesure que je parcourais notre histoire, la colère s'intensifiait. Avais-je choisi la pire des amies ? Mes doigts s'approchaient des clichés pour les décoller quand je m'arrêtai : ma mère m'appelait.

— Téléphone, Nis !

J'espérais tant que ce serait Marie, qu'elle me demanderait pardon et me proposerait de venir chez elle.

— Fabien.

Fabien ? Il était dans ma classe au Cours international, mais nous ne nous étions jamais parlé. Je ne me souvenais pas de lui avoir donné mon numéro. Je pris le téléphone, mal à l'aise. Le savoir au bout du fil me déstabilisait. Il était étrange, me demandait comment j'allais, ce que je faisais. Que cherchait-il ? Il finit par me demander si j'avais un petit copain, et si c'était vrai que je le trouvais à mon goût. Je m'étais décomposée. D'où tenait-il cette information ? Que répondre ?

— Tu es vraiment très jolie, tu sais.

Il mentait. Cette conversation était un piège. Derrière lui, j'entendis soudain des rires étouffés puis la voix de Lisa. Lisa à laquelle j'avais confié qu'il me plaisait. Lisa à qui j'avais fait confiance.

Écœurée, je raccrochai. Je n'avais plus de repères. Je ne faisais plus partie de la vie de mon quartier, j'avais perdu Marie, et tous mes efforts pour m'intégrer dans ma nouvelle école venaient d'être gâchés. Je m'étais couchée sans rien avaler. Je me retournais dans mon lit, cherchant une solution pour ne pas me rendre au Cours international le lendemain. Plutôt mourir que de me retrouver face à Lisa, Fabien et tous les autres. Je devais déjà être la risée du 17e...

À l'aube, mon sac était prêt. J'errerais dans Paris jusqu'à ce que je trouve une solution. Il me fallait une raison de continuer dans cette vie absurde où je ne comptais pour personne. J'avais pris le métro et étais descendue à une station au hasard. Je m'étais mise à marcher. Longtemps. J'avais traversé Pigalle, observant les prostituées qui rentraient de leur nuit de travail, les clochards qui dormaient sur le pas de porte des magasins. Je traversais les quartiers avec un profond sentiment d'inutilité. J'étais ridicule avec mon sac rempli de gâteaux et mes économies au creux de ma poche. Bientôt, les travailleurs envahirent les rues en troupeaux. J'en avais la nausée. Je ne voulais pas devenir comme eux. Mais que faire ?

J'eus soudain envie de voir ma grand-mère. Quelques années plus tôt, des signes nous avaient alertés : ses propos étaient parfois incohérents, elle s'immobilisait au milieu d'une conversation et ne se souvenait plus du début de sa phrase. Le verdict était tombé : maladie d'Alzheimer. Elle n'était plus capable de vivre seule. Mes parents l'avaient placée dans un centre spécialisé. Au début, nous allions la voir tous les week-ends, puis tous les mois, et puis de moins en moins.

Ce jour-là, je m'aperçus que je ne m'y étais pas rendue depuis près d'un an. Je savais qu'elle ne me reconnaîtrait pas, mais j'avais besoin de sentir sa présence, sa main dans la mienne. J'avais filé à la gare, direction Fontainebleau. Il y avait un train à 9 heures 30.

42.

EN OUVRANT LA PORTE, je vis ma grand-mère, assise, le regard perdu vers la fenêtre et la forêt derrière. Je m'étais assise à côté d'elle en silence. Comment la vie avait-elle pu transformer cette femme si forte, si entêtée en une ombre misérable ? Elle ne parlait plus, ne comprenait plus ce qu'on lui disait. Ne luttait plus. En l'observant, je songeais que c'était peut-être la solution. Se laisser dériver. Cette maladie était plus absurde encore que l'absurdité de la vie et au fond, ça me rassurait. Je pouvais tout rater, puisque d'ici quelques années, je ne m'en souviendrais peut-être plus.

J'étais partie au moment où l'infirmière entrait pour la nourrir. Dans le hall, je m'étais dirigée vers le téléphone. Je ne voyais qu'une issue : parler à Marie, lui confier mes peurs, ma tristesse. Il était peu probable qu'elle soit chez elle, mais tant pis, j'avais tenté ma chance. Elle avait décroché tout de suite.

— Nissou ? Je suis désolée.

J'avais fondu en larmes. Je n'avais pas prévu qu'elle me tendrait la main. Elle insista, me répéta que je lui manquais, qu'elle était perdue sans moi.

— On devrait faire comme dans *Thelma et Louise*, proposai-je.

— Qu'est-ce que tu veux dire ?

— On part. Toutes les deux et on voit ce qui se passe.

Il y avait eu un silence, et j'avais imaginé l'étincelle dans ses yeux. Thelma et Louise, nos idoles… Tant de fois, nous avions rêvé de partir à l'aventure sur les routes arides du Texas, un bandana noué autour du cou, une canette de bière à la main. La liberté serait au bout du chemin. Plus d'attaches, plus d'ennuis. Nous ne ferions plus partie de cette société étouffante, nous abandonnerions ses codes absurdes. Nous toucherions notre vérité.

— Où ? s'était contentée de me répondre Marie.

— Au bord de la mer.

— D'accord. Juste toi et moi, loin de tous les cons.

Nous avions ri et nous étions donné rendez-vous à 16 heures 30 en bas de chez elle.

Avant de la rejoindre, je voulais dire au revoir à Mehdi. Je l'avais trouvé dans le gymnase. Il s'échinait sur un sac. Quand il me vit, il s'interrompit et me serra dans ses bras, dégoulinant de sueur.

Tout s'était alors enchaîné sans que je comprenne à quel point les heures qui suivraient allaient marquer nos vies à jamais. Mehdi s'effondra. Son oncle s'était attaqué à son petit frère, à présent c'était certain. Mo' pleurait chaque soir sous la couette et refusait de parler. Sa sœur Yasmine allait épouser un fou qui revenait d'Irak et n'avait que le Coran à la bouche. Un sale type que Samy, le frère aîné de Mehdi, admirait.

— Je pourrai pas rester longtemps ici, Nis.

— Comment ça ?

— La France… C'est foutu pour moi. Tôt ou tard, ils feront des conneries et ça me retombera dessus.

— Mais toi, t'as jamais rien fait !

— T'expliqueras ça aux flics… C'est juste que je peux pas laisser Mo' tout seul…

Mehdi était désemparé. Il cherchait un pays où vivre. L'Algérie d'où il était originaire n'était pas envisageable, l'Amérique, avec son nom et sa gueule, peu probable… Mais où alors ? Et quand ? J'avais essayé de l'aider à trouver une solution. Malheureusement, c'était peine perdue, et je n'avais pas vu le temps passer.

Quand j'avais regardé ma montre, j'avais une heure de retard à mon rendez-vous avec Marie. Je ne savais plus quoi faire. Je proposai à Mehdi de venir avec nous voir la mer.

Mais Marie n'était pas en bas de son immeuble, ni chez elle. S'était-elle vexée ? Elle aimait faire des caprices. Nous nous étions assis sur les balançoires de la cour et l'avions attendue en silence.

43.

SOUDAIN, des sirènes avaient retenti et le SAMU était arrivé. Des médecins en blouse blanche avaient traversé la cour avec une civière et tout un tas de matériel médical. La rumeur s'était aussitôt répandue : Valentin avait eu un accident grave, il était entre la vie et la mort. En apprenant la nouvelle, sa mère s'était évanouie. On disait qu'il s'était fait chahuter par une bande du quartier et qu'il avait fait une attaque. Il était fragile du cœur, mais ça, personne ne le savait.

J'avais de la peine pour lui, pour Mehdi, je ne trouvais plus Marie, je n'avais ma place nulle part. Trop tard pour partir. J'avais même raté ma fugue ! Pas de Thelma et Louise, pas de mer, pas d'avenir.

Je finis par rentrer chez moi. Ma mère avait appris que je n'étais pas allée en cours. Elle commença à crier mais je me sentis mal. Elle me conduisit dans ma chambre. J'avais 39 de fièvre, je grelottais. À voir sa tête quand je m'adressais à elle, mes phrases n'avaient pas de sens. Je me souviens d'un médecin qui m'avait auscultée, puis plus rien des deux jours qui suivirent.

Quand je repris connaissance, Mehdi était chez moi. Il me raconta tout. Valentin était vivant, mais sur une chaise roulante. Il ne retrouverait jamais de motricité. C'était effroyable. À jamais en fauteuil... J'avais du mal à me représenter son calvaire. Plus de promenades, plus de sport, des jambes maigrelettes, des transports inaccessibles, un appartement inadapté, un marché de l'emploi défavorable... Et le regard des autres. Pour lui parler, pour l'aimer, il faudrait se baisser. Pourrait-il encore avoir des enfants ? Comment ferait-il pour monter chez lui les jours où l'ascenseur serait en panne ? Pourrait-il poursuivre ses études dans notre lycée aux escaliers interminables ? Retrouvait-on le goût de la vie quand elle vous imposait ce genre de coup ? Mehdi s'était raclé la gorge.

— C'est à cause de Marie.

Je n'étais pas sûre d'avoir compris.

Marie, ne me voyant pas arriver, s'était sentie plus seule que jamais et avait rejoint la même sale bande que quelques jours plus tôt. Elle tournait autour depuis un moment. Pour être vraiment des leurs, il fallait relever un défi. Pour elle, ce serait de faire croire à Valentin qu'elle voulait sortir avec lui puis le ridiculiser en l'insultant devant tout le monde. C'était stupide, mais monnaie courante. Quand elle le rejeta, la bande, menaçante, décréta que ça ne suffisait pas et décida de s'en mêler. Si Valentin parvenait à lever la roue avant d'un scooter, Marie sortirait avec lui. Pris au piège, Valentin n'avait pas eu le choix. Le cœur affaibli par le premier choc que Marie lui avait infligé, il avait malgré tout démarré, sans casque, et s'était raidi d'un coup. La main sur le cœur, il était entré dans un mur. La bande de Thionville se volatilisa, laissant Marie seule avec la victime à terre. Elle avait hurlé, demandé de l'aide aux passants, une ambulance avait fini par arriver et elle avait accompagné Valentin à l'hôpital.

Quand j'allai la voir, je m'attendais à ce qu'elle me rejette ou qu'elle s'effondre. Elle m'accueillit comme si rien ne s'était passé. J'avais imputé ça au choc.

Toute cette histoire me fit relativiser beaucoup de choses. J'étais retournée en classe et avais envoyé Lisa sur les roses, ce qui m'avait valu de me faire de nouveaux camarades. Je découvris que, pour beaucoup d'élèves, les *chalalas* étaient ridicules. Je m'étais trompée d'idoles. Il ne se passait pas une journée sans que je voie ou appelle Marie. Quand j'osai enfin évoquer Valentin, elle répondit sèchement :

— C'est la vie. Je préfère qu'on en parle pas. Plus jamais.

Désormais, Valentin et toute cette année 93 seraient des sujets tabous. Les années qui suivirent, nous nous éloignâmes de nouveau. Le métro, les cours, le manque de temps, les nouveaux amis, mais surtout le spectre de Valentin et notre culpabilité tenue sous silence… Jusqu'à ce que je la croise avenue de Laumière et lui propose de venir au bal du Cours privé international, et qu'elle me « vole » Édouard. Tout s'enchaîna alors pour nous séparer davantage.

44.

Dans la chambre des enfants Hébert, seule la respiration de Marie troublait le silence. Vingt-cinq ans plus tard, cette histoire me semblait si loin et pourtant, elle ne nous avait pas quittées. Pour la première fois, j'y repensais avec un regard d'adulte. Je percevais à quel point la sanction avait été lourde. Marie avait agi en ado mal dans sa peau, comme nous l'étions tous, sauf qu'elle avait payé le prix fort. Comment s'en était-elle remise ? Elle qui avait un enfant, comment vivait-elle avec ce poids ? Elle devait savoir combien la mère de Valentin souffrait aujourd'hui encore. Son erreur ne serait jamais réparée. Toute sa vie, Marie serait poursuivie par son geste stupide. Était-ce pour cela qu'elle ne s'était pas attachée à Constant ? Lui avait-elle raconté cet épisode au moins ? Et à Édouard ?

Je ne parvenais pas à fermer l'œil. Et moi, m'étais-je vraiment remise de tout ça ? Jamais je n'aurais pensé en être là à mon âge. À cette époque, il ne faisait aucun doute que je me marierais avant trente ans, aurais au moins trois enfants, un métier qui me plairait, et que tout s'articulerait dans une harmonie joyeuse. Mon quotidien serait jalonné de belles vacances, de moments de félicité en famille, où mon mari et moi nous regarderions, les yeux emplis d'amour, n'en revenant pas de ce bonheur que nous aurions créé. La vie m'avait fait prendre quelques détours… Jusqu'à quand devrais-je renoncer ? À quoi rimait cette fuite aujourd'hui avec mon amie d'enfance ? Nous allions à la mer honorer Brigitte et profiter un peu, oui, mais après ? Avais-je une place pour Marie dans ma vie désormais ?

En allant aux toilettes au lever du jour, les traces rouges sur ma culotte m'avaient nouée. Ça commençait. Et je dus déployer une force incroyable pour l'ignorer. Dans la salle de bains, nos vêtements étaient sales mais secs. La boue séchée leur donnait une texture cartonnée. Quand Marie me rejoignit, nous rîmes en les enfilant. Ajoutés à nos visages défaits, sans brosse, savon, ni maquillage, nous avions l'air de deux égarées. Au fond, ce n'était pas si loin de la réalité. Dans la cuisine, Mme Hébert nous proposa du café. Nous insistâmes pour lui verser un peu d'argent pour la remercier de son accueil. Elle refusa.

— Aujourd'hui, tout se vend, tout s'achète ! Je tombe pas dans le panneau !

Nous l'avions remerciée, gênées. Nous étions sorties de la ferme en caressant le chien.

— On n'a qu'à marcher par là ! dit Marie en indiquant la route à l'opposé de l'endroit où se trouvait la Ford.

— Et la voiture ?

— On va pas se faire chier avec ça !

— On peut quand même pas la laisser là !

— T'inquiète, on s'en occupera plus tard. Les assurances, c'est fait pour ça.

Elle contournait chacun de mes arguments.

— On a un week-end, Nissou. Le sentier des Douaniers n'est pas si loin. On va faire du stop et on y sera en début d'après-midi, c'est quand même plus sympa, non ?

Dit comme ça, c'était certain… Étant donné notre allure, j'étais moins confiante quant à notre capacité à trouver un automobiliste qui accepterait de nous prendre, mais le défi la faisait rire.

45.

Il était tôt et la brume couvrait encore la campagne qui s'éveillait. Nous marchions sur une route déserte, bordée de champs à perte de vue. Seuls les aboiements des chiens fendaient le silence.

— Jamais personne ne passera par-là, désespérais-je.

— Mais si, t'inquiète !

La situation ne semblait pas la perturber. Je me sentais sale, j'avais à peine dormi et avais l'impression d'avoir passé la nuit dans une machine à laver.

— Je donnerais cher pour un bon bain, bougonnai-je.

Marie me fit un sourire en coin, le même que lorsque nous étions enfants et qu'elle voulait me faire comprendre que je n'étais qu'une petite capricieuse.

— Tu veux pas lâcher prise deux secondes ? C'est quand la dernière fois que t'as fait un truc comme ça ?

— Comme quoi ?

— Être vraiment libre ?

— Je suis libre.

— Non. Tu t'es construit une jolie maison et tu t'es enfermée dedans. Je critique pas, c'est très bien, mais c'est pas ça être libre.

— Ah oui ? C'est planter tout le monde pour se barrer au Maroc ?

J'avais été agressive, mais je ne supportais plus ses leçons de morale. Marie soupira.

— Quand c'est ce que tu veux, oui.

L'arrivée d'une voiture nous interrompit. Une vieille Renault blanche avec une porte verte. Au volant, un homme avec une casquette et des tatouages sur d'énormes bras fumait une cigarette. Il ne m'inspirait pas confiance. Marie leva son pouce et l'interpella :

— S'il vous plaît ! Monsieur !

Mais la voiture ne ralentit même pas en nous dépassant.

— Connard ! s'écria-t-elle.

Moi, j'étais soulagée.

Nous marchions depuis près d'une heure. Il ne faisait pas froid, mais le manque de sommeil et l'humidité nous faisaient grelotter. Autour, le désert. J'avais peur de parler et de provoquer encore une discussion désagréable. J'essayais de me concentrer sur mes pas mais impossible de faire le vide. Soudain, un car apparut sur la route, de l'autre côté du champ de blé que nous longions. Marie analysa la situation en quelques secondes.

— Regarde, nos routes se rejoignent au rond-point. Cent mètres plus loin, si nous nous dépêchions, nous avions une chance de le croiser.

Marie se mit à courir et avec un soupir plaintif, je la suivis.

— Attendez ! Attendez !

Nous criions en chœur en riant. Nous avions l'air de deux hystériques. La situation était grotesque et nos foulées maladroites, mais des gens dans le car nous avaient vues et, quand nous arrivâmes enfin au rond-point, la porte était ouverte. Marie monta la première et s'immobilisa. Curieuse, je la suivis et compris sa surprise. À bord, la moyenne d'âge devait être autour des quatre-vingts ans. Des retraités en vadrouille de bon matin.

— Qu'est-ce qui vous arrive mes p'tites dames ? s'étonna le chauffeur.

— On va au sentier des Douaniers, on cherche quelqu'un pour nous y conduire, répondit Marie avec son plus beau sourire.

— On va pas jusque-là, mais on peut vous avancer.

— Avec plaisir !

Les deux mamies assises au premier rang prirent un air dégoûté en observant nos tenues. Au deuxième rang, un homme déposa son chapeau sur le siège à côté du sien. Le message était clair. J'avais l'impression d'être dans l'un de ces films américains où le mal-aimé de la classe ne trouve nulle part où s'asseoir dans le bus de l'école. Mais venant de la part de personnes soi-disant plus mûres, le tragique disparaissait. Elles visitaient les églises et cimetières de Normandie, une excursion réservée aux seniors, organisée par la mairie de Caen. Les églises, les cimetières… L'un des voyageurs avait glissé que cette journée était une sorte de répétition. Les autres, qui, pour la plupart, n'étaient jamais partis en vacances, savouraient chaque instant de cette escapade. Intriguées, nous avions décidé de les accompagner à la prochaine escale.

46.

Le soleil perçait les nuages, fondant sur le domaine d'Étienville. Le temps s'était arrêté sur ces bâtisses du Moyen Âge. Un guide nous attendait à la descente du car. Il nous raconta l'histoire du château, l'église au centre, le presbytère fortifié. Le parc s'étendait sur plusieurs hectares. Il nous conduisit au Jardin de Marie. La lumière scintillait sur les fleurs. La saison des iris touchait à sa fin, bientôt écloraient les pivoines. J'étais envoûtée. Je me saoulais de l'air parfumé. Nous nous dirigeâmes ensuite vers le Jardin des Moines. La restauration du domaine, achevée quelques années auparavant, s'était inspirée de l'époque de la construction. Au Moyen Âge, les religieux s'en servaient de lieu de recueillement, entouré de haies ou de barricades pour s'isoler de l'extérieur. Seules des plantes médicinales ou destinées aux offrandes y étaient cultivées. Le lieu invitait au silence. Je me sentais en paix. La nature avait toujours eu cet effet sur moi. Le guide nous invita à le suivre dans l'église, interrompant mes questions inutiles.

Face à nous, Jésus, cloué sur sa croix, levait les yeux vers le ciel. Les rayons du soleil traversaient les vitraux, dessinant d'étranges ombres sur le pavement. Les bancs de bois étaient humides et nous nous étions collées l'une contre l'autre, Marie et moi, pour nous tenir chaud. Des enfants, vêtus de longues robes blanches, prirent place devant l'autel. Un prêtre tenait une baguette. Il donna le tempo et les enfants se mirent à chanter. Leurs voix résonnaient. J'avais l'impression que les murs vibraient. Marie frissonna.

Agnus Dei, qui tollis peccata mundi, miserere nobis.
Agnus Dei, qui tollis peccata mundi, miserere nobis.
Agnus Dei, qui tollis peccata mundi, dona nobis pacem.

Leurs voix aiguës transperçaient mon corps. J'étais une feuille emportée par le vent. À mesure que le chant s'intensifiait, l'espoir revenait. Je ne pus retenir mes larmes. Marie posa sa main sur la mienne et je me rendis compte qu'elle pleurait aussi.

Agnus Dei, qui tollis peccata mundi, miserere nobis.
Agnus Dei, qui tollis peccata mundi, miserere nobis.
Agnus Dei, qui tollis peccata mundi, dona nobis pacem.

Pleurer dans une église… Je n'aurais jamais cru cela possible pour moi.

Quand le chœur se retira, le vieux prêtre serra les mains et baissa la tête. L'assemblée le suivit, silencieuse. J'étais ébranlée, sans vraiment pouvoir me l'expliquer. Peut-être quelqu'un veillait-il bel et bien sur nous ? Mais alors, pourquoi nous laisser tant errer ?

Le guide nous laissa le choix de retourner vers le car ou de prier encore. Je n'avais plus envie de retrouver le groupe, encore moins de prier. Mon regard croisa celui de Marie. On se comprit sans se parler. Un panneau indiquait le bocage qui menait vers le sentier des Douaniers. On remercia le chauffeur et on se mit en route.

47.

En sortant du domaine d'Étienville, nous nous étions retrouvées sur une petite route arborée. Le sentier des Douaniers se situait à une bonne trentaine de kilomètres. Aucun bus ni taxi à l'horizon. Je me sentais faiblir. J'avais de nouveau mal au ventre et je désespérais qu'une distance si courte, à peine vingt minutes en voiture, menace de nous faire perdre la journée. Mon téléphone vibra dans ma poche. C'était Solal. Pour la troisième fois de la matinée. Impossible de décrocher. Je redoutais d'entendre sa voix. J'étais certaine que je ne parviendrais plus à lui faire face. À peine entendrais-je son « bonjour mon amour », que la culpabilité me ferait céder. Il me manquait. J'avais envie de me blottir dans ses bras, qu'il me rassure, me console. Mais j'avais du mal à y croire. Je devais prendre les devants et mentir pour grappiller encore quelques instants de paix.

Mon cœur, je croule sous le travail. Je te rappelle quand je rentre.

Je t'aime.

A.

Je mis quelques secondes à appuyer sur « envoyer ». Je me sentais minable. La nature faisait peut-être bien les choses. De toute évidence, je n'étais pas capable d'être mère. Solal me répondit aussitôt.

Prends soin de toi et de vous.
Je t'm.
S.

— Tout va bien ? me demanda Marie.
— Oui.

Elle hocha la tête, incrédule, mais n'insista pas. Je sentis une larme couler sur ma joue et tournai la tête.

Un camion passa, puis une Peugeot. Les conducteurs ne prirent même pas la peine de ralentir. La chance tourna à la cinquième voiture. Un jeune homme accepta de nous laisser monter. Il se rendait à Valognes, ça nous rapprocherait.

Je regardais les paysages et les noms des petites villes que nous traversions défiler. Urville, Flottemanville, avant d'arriver à destination. Le conducteur nous laissa regarder son plan le temps de nous repérer. Nous devions continuer tout droit jusqu'à Tamerville.

Requinquées, nous marchions en fredonnant, en râlant d'avoir soif, d'avoir faim et mal aux pieds. Bref, c'était un bon moment. Un groupe de cyclistes nous frôla de si près que Marie leur hurla dessus. Quelques minutes plus tard, un nouveau groupe manqua de nous heurter. Nous avions beau crier, il fallait se rendre à l'évidence : la route n'était pas assez large. Il y avait un petit bois sur la gauche. Nous serions plus tranquilles en coupant à travers.

Les feuilles mortes crissaient sous nos pas. L'air avait un goût de chlorophylle. Des arbres vieux de cent ans peut-être cachaient la lumière. Certains étaient déjà en fleurs, d'autres bourgeonnaient à peine.

Soudain, un grognement nous fit sursauter. Je me retournai, aperçus un sanglier qui déboulait sur nous.

— Cours ! Dépêche-toi ! hurlai-je.

Je me précipitai vers une dune de terre à quelques mètres. Marie se figea au moment de monter. Elle regardait l'animal comme si elle l'attendait, avec la même expression que dans la voiture, juste avant notre accident.

— Monte !

Elle ne m'entendait pas. Je redescendis et l'attrapai par la taille. Elle sursauta et me rejoignit. La truffe du sanglier frôla son mollet. Un sanglier ! Je n'en avais jamais vu en vrai. À l'abri sur notre butte à deux mètres du sol, le danger n'était pas écarté pour autant. Le sanglier, certain d'avoir trouvé son déjeuner, pissait autour de nous pour délimiter son territoire. Nous étions faites. Impossible de descendre. Impossible de joindre des secours : dans le bois, nos portables ne captaient pas.

Je repensai à tout ce qui s'était passé depuis la veille. Deux jours plus tôt, j'étais tranquille à Nice et il avait suffi d'un coup de fil de Marie pour me retrouver perdue dans le Cotentin, prisonnière d'un sanglier !

Nous avions observé la bête un moment, ahuries et, comme nous n'avions rien d'autre à faire, Marie avait commencé à parler. Elle se replongeait dans notre enfance, les soirées dans sa chambre, les garçons de Bergson, les bandes, le basket, le rap.

— Ton problème Nissou, c'est que t'as jamais su à quel point tu étais quelqu'un de bien.

— Tu dis n'importe quoi ! l'interrompis-je.

— Non Nis, ça suffit maintenant. Tu te dévalorises tout le temps, il y en a marre.

Elle se souvenait de mes notes à certaines interrogations difficiles, de mes réactions face à des conflits dans la cour, que j'avais complètement oubliées. Elle disait que j'avais toujours été son modèle. Qu'aujourd'hui encore, les gens du quartier se souvenaient de moi et qu'ils étaient sûrs que je ferais de grandes choses. J'étais stupéfaite. Se pouvait-il que Marie me voie ainsi ? Se pouvait-il qu'à ses yeux, je sois vraiment cette fille invincible ? Je n'avais pas été aussi émue depuis longtemps.

La bête continuait de rôder autour de nous, rongeant nos nerfs.

— Putain, il veut pas se barrer ce gros tas ! hurlait Marie.

— Comment on va faire ? Et s'il ne part jamais ? paniquai-je.

Un quart d'heure plus tard, tandis que la faim et le désespoir attaquaient sérieusement notre moral, un coup de feu retentit. Je sursautai et la surprise réveilla la douleur lancinante dans mon ventre.

Le sanglier détala. Un homme s'avança vers nous, un fusil de chasse à la main. Ses bottes montaient au-dessus de ses genoux et sa combinaison bleue était zippée jusqu'à son cou.

— Mais qu'est-ce qui s'est passé ? nous demanda-t-il.

Marie parla la première. Elle lui expliqua notre périple à travers les routes de campagne et notre envie de couper par le bois pour aller plus vite.

— Les Parisiens, ça veut toujours aller plus vite, résultat ça fait jamais rien ! M'enfin, c'est indiqué partout qu'y a des sangliers par ici, vous êtes aveugles ou quoi ?

Il s'arrêta un instant avant de reprendre :

— Et vous allez où comme ça ?

— Au sentier des Douaniers, précisai-je, évitant de mentionner Brigitte dans le sac à main. Nous allons voir la mer.

Il ricana.

— Voir la mer ! bougonna-t-il, pensant qu'on ne l'entendait pas.

Il se retourna quelques mètres plus loin.

— C'est pas la porte à côté... Suivez-moi.

Son tracteur était garé tout près. Il nous invita à grimper et se mit en route. Tout au long du trajet, il critiqua les gens des grandes villes qui venaient ici cueillir des champignons sans savoir lesquels étaient comestibles ou pas.

— Aucune humilité ! Quand on sait pas, on fait pas comme si ! râlait-il.

Il n'était jamais allé à Paris ni ailleurs qu'en Normandie, et il en était fier. Sa vie se résumait à son exploitation et à la forêt.

— On m'enterrera sous mon chêne, j'ai tout prévu.

Nous l'écoutions en silence. J'admirais cette assurance. Marie interrompit mes pensées pour me montrer quelque chose.

— Regarde !

Nous étions sur la « Voie de la Liberté ».

— C'est notre week-end, Nissou, c'est écrit, dit-elle en passant son bras autour de mes épaules.

Je souris. Étions-nous jamais vraiment libres ? Même si l'on se défaisait de toutes nos obligations du quotidien, il restait toujours le passé pour nous emprisonner. Parviendrait-on à se défaire de lui aussi ?

Le paysan freina devant un arrêt de bus.

— Vous êtes à Brix. Le bus passe toutes les demi-heures.

48.

Ce qui me saisit tout de suite, ce fut le bruit des vagues qui s'écrasaient contre les falaises de La Hague. Des explosions, à intervalles réguliers. Je fermai les yeux et me laissai bercer. L'air chargé d'embruns pénétrait ma peau. Les émotions de ces deux jours avaient fini d'abattre mes dernières défenses. Le cap était recouvert de verdure, comme un morceau de velours détrempé par les flots. Des parapentes de couleur se gonflaient et virevoltaient comme des plumes d'oiseau dans le vent.

Nous avions suivi le chemin qui serpentait le long du littoral. Les plages désertes étaient piquées de quelques maisons. De quoi pouvait être faite la vie de ces habitants isolés, loin de tout ? Se contentaient-ils de méditer assis sur le sable ? Quelques bunkers allemands, vestiges de la guerre, laissaient croire à des dunes… Une heure et demie plus tard, nous étions arrivés au bout de la France, là où la terre tombe à pic. Un banc avait été installé pour que les touristes puissent admirer la vue.

— C'est parfait ! s'exclama Marie.

Je compris, avec un temps de retard, que le moment de libérer Brigitte était venu. Marie me tendit le sac en plastique. Elle regarda l'horizon avant de prendre une poignée de cendres.

— Voilà maman, nous y sommes. Tu as la mer, le soleil… Profites-en bien.

— Adieu Brigitte. Nous ne t'oublierons pas.

Mais au lieu d'ouvrir sa main, Marie s'immobilisa, laissant les minutes s'écouler.

— Tu veux que je le fasse ? proposai-je.

— Non. C'est juste que cet endroit… Je sais pas si c'est le bon pour elle.

— On a fait tout ce chemin pour les falaises…

— Je sais. Mais ça lui ressemble pas. Faut que je lui trouve autre chose.

Que répondre ? Deux jours absurdes pour faire marche arrière au dernier moment… Mais c'était à Marie de décider pour sa mère.

Je ne me souviens plus combien de temps nous étions restées assises à contempler le paysage, à écouter les mouettes, à nous taire ensemble, le sac de cendres entre nous. Longtemps. Je ne pensais plus à l'avenir ni au passé, j'étais étrangement sereine. Marie finit par rompre le silence.

— Bon, on va pas rester sapées comme ça quand même !

— Qu'est-ce que tu comptes faire ? J'ai aucun change, lui rappelai-je.

— Ce soir, on dîne à Cherbourg, et je bouffe pas avec une clocharde comme toi ! plaisanta-t-elle. On va appeler un taxi, on part s'acheter des fringues, on se prend un bel hôtel face à la mer et on se fait un gueuleton.

Les pauvres sandwichs que nous nous étions achetés en descendant du bus ne nous avaient pas rassasiées, surtout après cette marche.

Marie géra notre escapade comme un tour-opérateur. Je ne lui parlai pas de sa mère, de ce que nous allions faire du sac en plastique. On verrait bien. Une heure et un taxi plus tard, nous étions dans le plus beau magasin de vêtements de la ville, à essayer des tenues. Marie insista pour que j'enfile une robe hors de prix.

— Nissou, essaye-la au moins !

— Mais je la remettrai jamais !

— Et alors ! C'est juste pour ce soir !

— Je vais pas mettre un prix pareil dans des fringues pour les porter qu'une fois !

— T'occupe pas du prix, c'est bibi qui régale !

— Non Marie, je ne peux pas accepter.

— C'est mon cadeau pour m'avoir suivie.

Face à son insistance, je finis par l'enfiler. En ôtant mon pantalon, je frôlai ma culotte bourrée de Kleenex. Je collai ma tête à la paroi de la cabine et fermai les yeux. De nouveau, tout foutait le camp. Lointaine la falaise, disparus les parapentes, le vent, le soleil, la paix. Le sang était de retour. Le combat pour être quelqu'un d'autre que moi-même reprenait de plus belle et mes forces m'abandonnaient.

— La taille convient-elle, madame ? demanda la vendeuse.

— Allez, sors ! ajouta Marie. Je suis sûre que t'es top.

Soudain, j'eus désespérément envie de légèreté, de profiter pleinement de ce moment hors du temps, d'oublier mon ventre et mes espoirs déçus. Envie de faire entrer Marie dans cet espace exigu, qu'elle me serre dans ses bras et qu'ensemble, on disparaisse. Cette liberté, je répétais la vouloir, mais j'en étais incapable. Je ne disais jamais ce que je pensais vraiment, je ne me défendais pas, je passais mon temps à fuir. Et finalement, je piétinais.

— Bon, Nissou, si tu continues, j'entre et je te l'enfile de force !

Elle avait raison, je devais réagir. Je m'étais hâtée de sortir, le pantalon retroussé sur mes chaussures souillées. Marie avait retenu un éclat de rire.

— Si ta mère te voyait !

J'avais souri et m'étais prise au jeu, imitant soudain ma mère : « Comment es-tu coiffée ? Tu peux pas enlever ton pantalon qu'on se rende compte ! Une femme de ton âge ne devrait pas sortir sans maquillage enfin ! » Marie riait. J'avais eu un pincement au cœur. Ma mère me manquait. La vendeuse m'apporta une paire d'escarpins.

— Ça irait bien avec, suggéra-t-elle.

J'obéis. Marie déposa une veste sur mes épaules et cala une pochette dans ma main.

— Validé !

— Mais on peut pas prendre tout ça enfin ! m'inquiétai-je.

— Et pourquoi ?

— Marie, c'est une fortune…

— Tu vas pas recommencer ! Ton mec, il te dit pas que t'es chiante ?

— Non mais sérieux… Comment tu vas payer ?

— T'occupe, conclut-elle.

Le temps que je me rhabille, Marie s'était choisi une tenue qu'elle ne voulait pas me montrer.

— Surprise, mais c'est très court, très décolleté et donc parfait !

Marie ouvrit son sac et brandit une liasse de billets qu'elle tira d'une pochette en cuir. Une imitation Céline cette fois. D'où sortait-elle tout cet argent ? Je remerciai mon amie et pris mon paquet. La vendeuse nous offrit deux parapluies.

— Vous êtes à Cherbourg, tout de même !

Et nous sortîmes du magasin.

Une voiture de police était garée en face et Marie se raidit. Elle prit aussitôt la direction opposée pour rappeler notre taxi. Je la connaissais trop bien pour ne pas comprendre qu'elle me cachait quelque chose, mais je savais aussi que ce week-end était une parenthèse. Elle avait raison. La semaine suivante, elle partait au Maroc et peut-être qu'elle disparaîtrait pour toujours. Elle pouvait bien avoir braqué une banque ou dévalisé un supermarché, ça ne changeait rien. Ce soir, nous allions profiter d'être ensemble.

49.

MARIE NOUS AVAIT PRIS deux chambres dans un très bel hôtel, Les Falaises, à quelques minutes du cap de La Hague. Elle avait payé cash, en donnant un faux nom. Elle pensait que je ne l'avais pas entendue, assise sur un fauteuil dans le petit salon de l'accueil. Il m'apparaissait de plus en plus clair que son départ au Maroc était lié à cet argent, à ses mensonges, mais je ne voyais pas comment aborder le sujet.

— À tout à l'heure, avait-elle lancé.

— Oui, à tout à l'heure.

La chambre était spacieuse, le matelas moelleux et les draps amidonnés. Des chocolats avaient été déposés sur les oreillers. Dans la salle de bains, les échantillons de savon et shampoing sentaient la verveine. D'épais peignoirs étaient suspendus près de la baignoire. Tout était parfait. De ma fenêtre, j'apercevais la mer et les falaises au loin. Le panorama était de toute beauté.

Mais pour me laver, je devais me déshabiller, enlever mes sous-vêtements. J'avais de nouveau peur du sang, peur de me retrouver nue.

Je me connectai à mon compte Facebook. Je ne postais jamais rien, je n'étais abonnée que pour observer la vie des autres. Je n'étais pas dupe de la misère qui se cachait derrière ces sourires forcés, ces légendes de photo enthousiastes, les dimanches aux repas de famille, sûrement prises quelques minutes avant ou après la dispute hebdomadaire. Mais pour Facebook, on faisait bonne figure, on posait en souriant et on ne résistait pas à afficher son bonheur factice. Peut-être que les autres se laisseraient prendre ?

Soudain, le visage de Solal s'afficha sur l'écran de mon téléphone. Je décrochai aussitôt.

— Mais qu'est-ce qui s'est passé ? T'avais dit que tu me rappelais, j'étais inquiet !

— Je sais. Solal, je suis en Normandie.

Un blanc.

— En Normandie ? répéta-t-il.

— Oui, avec Marie, mon amie d'enfance. Tu ne la connais pas.

— Tu plaisantes ?

— Non. Je suis partie hier matin à Paris. C'est une longue histoire… Je t'expliquerai.

— Pourquoi tu m'as menti ?

— Je ne voulais pas que tu t'inquiètes.

— Tu te fous de moi ? Et qu'est-ce que tu fais du bébé ? Les médecins ont été très clairs ! Pas d'agitation !

— Y'a pas de bébé, le coupai-je.

J'avais hurlé plus fort que lui. Il se tut aussitôt.

— Y'a plus de bébé, repris-je. Je fais une fausse couche. Ça a commencé avant mon départ. J'ai pas envie d'en parler. T'as le droit de me quitter et de trouver une bonne mère pour tes gosses.

Il raccrocha et j'explosai en sanglots. Tout était foutu. Je courus dans la salle de bains et baissai ma culotte. Des taches rouges et toujours cette douleur aiguë. J'avais du mal à respirer. La sonnerie de mon téléphone m'interrompit. Solal. Je ne répondis pas. Il rappela trois fois et finit par me laisser un message.

Anaïs, il faut qu'on parle. Non, je ne vais pas aller chercher une autre femme.

Sa voix était fébrile. Je venais de l'achever et il était toujours là. Je me sentais minable. Puérile. Incapable de gérer cette situation. J'appréhendais déjà la prochaine FIV, les piqûres, les rendez-vous à l'aube à l'hôpital, les cabinets glacés où mon intimité serait donnée en pâture à l'équipe médicale, et Solal enfermé dans une petite pièce avec des revues porno à 8 heures du matin. Le stress et l'attente seraient notre quotidien. On nous répéterait que l'inquiétude pourrait anéantir nos démarches, comme si rester serein était possible. Et ce serait comme ça jusqu'à la nouvelle désillusion. Je regardais la falaise au loin et me disais que, dans ma vie aussi, je marchais au bord du précipice. Je me fis couler un bain, en me répétant que ce soir serait une parenthèse, tout le reste devait disparaître.

50.

QUAND J'OUVRIS LA PORTE, je découvris Marie dans sa tenue de soirée, aussi extravagante que ce que je m'étais imaginé. Des paillettes dorées scintillaient sur sa robe. Ses talons aiguilles allongeaient ses jambes déjà fines. Le vert de ses yeux tranchait avec la poudre noire qu'elle avait étalée sur ses paupières. Elle avait mis du vernis sur ses ongles, assorti à son rouge à lèvres. Autour de son cou était enroulée une écharpe en fourrure. Elle avait nettoyé son faux Chanel rescapé de l'accident, dont le sigle brillait. N'importe qui aurait été vulgaire habillé comme ça, mais Marie était belle.

Pourtant ses paupières étaient gonflées. Elle avait pleuré.

— Tu es superbe, me dit-elle.

— Toi aussi. Magnifique.

— J'ai trouvé pour ma mère. Viens.

La cérémonie. Le trait sur son passé… Je comprenais la raison de son chagrin. Le moment de dire au revoir à Brigitte pour de bon était arrivé.

Elle me fit entrer dans sa salle de bains. Le sac en plastique était ouvert à côté d'une bouteille de whisky.

— Pas de prières, on y va, c'est tout.

Je hochai la tête sans vraiment comprendre cette mise en scène.

Marie vida les cendres dans le lavabo et les dilua au Glenmorangie, le whisky préféré de Brigitte.

— Disparaître dans un hôtel de luxe, noyée dans l'alcool… Ma mère tout craché, tu ne trouves pas ?

Je souris.

— Il lui fallait bien une fin hollywoodienne… Ça m'est venu comme une évidence.

Elle fit couler l'eau pour nettoyer les dernières traces et se lava les mains avant de se tourner vers moi.

— On y va ?

— Marie, tu es sûre que tout va bien ?

— Oui, pourquoi ?

— Je sais pas… J'ai l'impression…

— T'inquiète, me coupa-t-elle en m'entraînant vers les ascenseurs.

51.

DE NOTRE TABLE, nous admirions les bateaux. Nous imaginions leurs propriétaires. Le *Belle France* appartenait forcément à un Américain plein de clichés qui se croyait cultivé et un peu français parce qu'il écoutait Édith Piaf. J'avais parié que le *Seigneur des mers*, amarré face à nous, appartenait à un Normand, mais Marie soutenait que ce nom était l'œuvre d'un Parisien romantique, probablement un grand patron qui fuyait la superficialité des dîners mondains pour renouer avec l'immensité de la mer. Le serveur interrompit nos divagations en déposant notre plateau sur la table. Crevettes roses, bulots, huîtres, langoustines, le tout accompagné d'un pain de seigle, de beurre salé d'une ferme voisine et d'un bon chablis.

Marie attrapa une poignée de crevettes qu'elle décortiqua aussi élégamment qu'une enfant. Le spectacle valait le détour. Marie dans sa robe lamée, au comble de la provocation, qui se battait avec les pattes des bestioles restées accrochées à ses doigts. Nous engloutissions tout ce qui était sur notre table à une vitesse éclair et avions vidé notre première bouteille en moins d'une demi-heure.

Le serveur apporta nos plats. Suprême de pintade farci à la duxelles de champignons, mousseline de céleri-rave... Marie demanda à revoir la carte des vins.

— On va prendre un pauillac, grand cru classé.

J'étais déjà saoule. Je ne buvais jamais et tenais mal l'alcool. Ça faisait rire Solal. Il me disait toujours qu'il avait l'impression de sortir une ado. Marie n'en menait pas large non plus.

— Blanc sur rouge, rien ne bouge, rouge sur blanc, tout fout l'camp ! gloussa-t-elle.

Les bateaux tanguaient dans le port. Ou peut-être était-ce moi ?

— À nos mères ! dit-elle en vidant son verre.

Je frissonnai. J'étais passée à côté de la mienne. Une simple phrase et tout me revenait. La cicatrice était encore à vif. Nous ne nous étions jamais comprises. Je la trouvais superficielle, elle me trouvait trop sérieuse. Nous nous jugions, nous disputions, et tout ce temps, nous avions oublié de nous dire que nous avions le droit d'être différentes et de nous aimer quand même.

Seuls les livres nous liaient. Ma mère les dévorait, comme moi, chacune dans son coin. Et quand je voulais me rapprocher d'elle en évitant les sujets qui fâchaient, je lui proposais qu'on échange les derniers romans qui nous avaient plu. On se laissait quelques semaines et on se rappelait pour commenter. Les histoires n'étaient bien sûr jamais prises au hasard. Nous comprenions les messages que véhiculaient ces héroïnes mourant de vanité, celles que leur orgueil empêchait de vivre, celles encore qui devaient tout quitter pour pouvoir être elles-mêmes... Nous défendions nos ambassadrices. Les arguments n'étaient pas toujours convaincants, mais c'était notre point de rencontre.

Elle était morte cinq ans plus tôt. Cancer des os. Un mois d'agonie, et puis plus rien. Ma mère, toujours apprêtée, s'était retrouvée dans un lit, décharnée, les yeux exorbités, criblée de sondes. La veille de sa mort, j'étais persuadée qu'elle ne m'entendait plus, pourtant je lui avais glissé à l'oreille que j'avais apporté son rouge à lèvres préféré. Je lui en avais mis. À ma manière, j'essayais de lui rendre un peu de ce qu'elle était. À ma grande surprise, elle avait serré mes doigts. En sentant le bâtonnet effleurer sa bouche, elle avait souri.

Ma mère, celle qui m'avait fait une place dans son lit dès que j'avais peur, celle qui m'avait raconté chaque soir un conte de fées pour m'endormir, qui m'avait fabriqué un déguisement de Peter Pan en papier mâché toute une nuit parce que j'avais oublié de la prévenir d'une fête à l'école, celle qui avait accroché tous mes dessins sur les murs, même les plus ratés. Ma mère me manquait terriblement. Elle avait toujours été là, à m'aimer comme elle le pouvait, et je n'avais rien compris.

Assise dans sa chambre d'hôpital, tout devenait limpide. Elle s'était sentie seule toute sa vie, s'accrochant à des apparences pour combler un vide plus profond. Mon père n'était pas souvent là, moi, je la méprisais les trois quarts du temps et elle n'avait pas eu d'autre enfant. J'avais aussitôt perçu la culpabilité qui me rongerait après sa mort, et qui ne cesserait de grandir. Je n'avais pas ouvert de livre depuis. Mon goût pour la lecture était mort avec elle. Parfois, une couverture me tentait dans les rayons des grandes surfaces, la devanture d'une librairie, mais je résistais. J'avais trop peur que l'histoire me plaise et de n'avoir plus personne avec qui la partager.

— Ouh là là ! Y'en a une qui a bien besoin d'un p'tit verre ! m'interrompit Marie.

Le vague à l'âme avait presque pris le dessus et je craignais que le pauillac n'en vienne pas à bout, mais je cédai à l'appel de l'ivresse. Le serveur allait nous apporter nos tartes aux pommes avec supplément de crème fraîche… Il fallait bien savourer ça !

52.

En sortant du restaurant, j'avais du mal à marcher droit. Je m'accrochais au bras de Marie comme un coquillage à son rocher.

— T'as jamais tenu l'alcool ! Et c'est normal, se moqua-t-elle.

— Qu'est-ce que tu racontes ?

— Quand tu gardes tout pour toi, un peu d'alcool et ça explose.

Je ne pouvais pas la contredire, elle me connaissait si bien. À plusieurs reprises, elle avait essayé de me faire parler. Elle voyait bien que quelque chose n'allait pas, mais je m'étais tue, prétextant que tout était parfait dans le meilleur des mondes. Quelques verres et j'étais en lambeaux.

Marie avait demandé à notre serveur des adresses pour continuer notre soirée. Il nous avait indiqué un bar à quelques pas du restaurant, le *Vortex*. Nous progressions à tâtons dans les rues désertes de Cherbourg quand Marie s'immobilisa. Devant une porte cochère était accroché un panneau sur lequel on pouvait lire :

Cours de danse classique, enfants-ados-adultes

Les lettres noires inscrites en italique étaient entremêlées de rubans roses. Les mêmes que ceux des chaussons que Marie avait portés toute son enfance. Je la revoyais, la main posée sur la barre en bois, près de son professeur qui répétait « descends ta fesse gauche », « la main, les doigts, légers », « bas du corps sur terre, haut du corps dans les étoiles ». Marie s'appliquait. Elle travaillait ses figures encore et encore. Tant d'abnégation, de souffrance, pour glisser dans une patinoire... Qui serait-elle aujourd'hui si elle avait réussi son concours ? Quelle vie aurait-elle eue ? Serait-elle devenue danseuse étoile ?

Marie leva son bras droit, puis le gauche pour former une couronne. Elle balança ses escarpins et son manteau sur la chaussée avant de s'élever sur la pointe des pieds. Elle enchaîna une arabesque, un saut de chat, des mouvements de bras, de jambes. Il n'y avait pas un bruit, seuls ses mouvements trompaient la nuit et je la regardais, hypnotisée. Marie m'offrait ce qu'elle avait de plus précieux, elle laissait s'exprimer la petite fille en elle, dont les rêves ne s'étaient jamais effacés. Quand elle fit une révérence pour marquer la fin du spectacle, j'applaudis si fort que des voisins ouvrirent leurs fenêtres pour râler. Nous avions ri et nous étions remises en route vers le bar. Marie marchait pieds nus, ses chaussures à la main. On aurait dit qu'elle flottait.

53.

LE BAR ÉTAIT AUSSI PLEIN que les rues étaient désertes. Une majorité d'hommes, des habitués, se tutoyaient, se tapaient dans le dos, trinquaient. La plupart s'étaient interrompus en nous voyant entrer, mais Marie avait su nous introduire en payant une tournée. La liasse dans son sac à main nous attirerait des problèmes tôt ou tard. En attendant, la tendance était à la flambe.

Quand je repense à cette soirée, je ne sais toujours pas ce qui nous a pris. Nous avions besoin de nous débarrasser de quelque chose, chacune à sa manière. Un homme s'approcha de moi. Plutôt beau garçon, un martini blanc à la main. C'était idiot, mais j'avais aimé cette petite sophistication en contraste avec le reste de la salle.

— Puis-je m'asseoir ?

Je lui indiquai une chaise et il s'installa face à moi. Il me demanda ce que nous faisions ici. Je n'avais pas envie de lui raconter la vérité. Solal ne m'avait pas rappelée, je n'avais pas envoyé de message non plus et mon ventre m'élançait à intervalles réguliers. Je voulais être loin de cette réalité sordide.

— On prépare un tournage dans le coin... On fait des repérages.

— Vous êtes dans le cinéma ?

Les yeux de l'inconnu s'agrandirent.

— Oui.

— C'est génial ! Depuis *Les Parapluies de Cherbourg*, y'a pas beaucoup de films qui parlent de la région !

Je souris. Il le prit comme un encouragement et se présenta. Il s'appelait Rémy, il était divorcé, rêvait de faire un grand voyage au Mexique, mais doutait d'en avoir un jour la possibilité.

— Vous êtes très belle, finit-il par me dire en posant sa main sur la mienne.

D'habitude, je ne savais jamais quoi répondre à ce genre de phrases, là, je me contentai d'un simple merci. Le merci de la fille qui sait qu'elle a quelque chose de spécial. Je maîtrisais mon rôle. J'avais laissé le genou de Rémy frôler le mien, sa main toucher ma cuisse. Je voulais croire à mon mensonge. Une fille qui assumait de séduire un type dans un bar et de finir la nuit avec lui sans promesses.

Je le laissai faire, absente, sans penser aux conséquences. Sa main frôla ma culotte et je refermai aussitôt mes jambes. Ma tête tournait. Je repensai à notre dernière conversation avec Solal et j'eus envie de disparaître. J'étais ridicule, je me détestais. D'un coup, je me levai.

— Désolée, il faut que j'aille aux toilettes.

Rémy acquiesça sans rien dire.

Quelques minutes plus tard, penchée sur le lavabo pour m'asperger d'eau fraîche, je sentis des mains caresser mes fesses. Je bondis, mais Rémy m'enlaçait si fort que je ne pouvais me dégager pour l'empêcher de m'embrasser.

— Non… Arrête !

— Détends-toi, ma belle.

En quelques secondes, le « ma belle » se transforma en « salope », puis en « petite pute ». D'une main, il tenait mes poignets et de l'autre il caressait mes seins, « fais pas semblant, t'en as envie comme moi ». Je hurlais mais personne ne m'entendait. Lorsqu'il baissa ma culotte, je sentis la force revenir. J'en avais assez d'être une victime. Assez de laisser la vie m'écraser. Il était hors de question que ses sales pattes me touchent encore. Je lui donnai un coup de genou entre les jambes. Il hurla en s'écroulant par terre. J'avais bien visé. Je le rouai de coups de pied, le griffai, le giflai. Il était le symbole de la misère du monde qui me broyait depuis des années. Je devais être plus forte que les salauds, plus forte que la tristesse, que les fausses couches, que tout ce qui m'empêchait d'être moi. Mon amertume explosait enfin. Marie arriva en courant, paniquée.

— J'ai entendu crier !

Elle observait l'homme à terre, du sang sur le front, les mains sur l'entrejambe.

— Qu'est-ce qui s'est passé ?

— Rien. Je suis contente que tu m'aies amenée ici.

— Tu te fous de moi ?

— J'ai jamais été aussi sérieuse.

Je n'en revenais pas d'avoir été capable d'une telle victoire. Les commentateurs sportifs ont raison, ce n'est pas le plus fort qui gagne, mais le plus fou.

Marie enjamba Rémy comme un vulgaire détritus et m'entraîna dehors.

54.

Marie s'adossa à la façade du bar. Elle tirait sur sa cigarette en me regardant.

— Bon, tu vas me dire ce qui va pas ou on continue de faire semblant ?

Je n'avais plus cherché à me cacher. La comédie, c'était pour les faibles et je venais de tordre le cou à mes mauvais réflexes. Je n'arrivais pas à avoir d'enfants, était-ce un crime dont j'étais coupable ? J'avais tout déballé. La fausse couche en cours, les FIV ratées, l'état de Solal à chaque fois, le mien, les boîtes jetées à la mer avec les pétales de rose et mes prières solitaires au pied du phare.

— Il le sait Solal, pour les boîtes ?

— Non. Ça, c'est à moi.

— Tu devrais lui dire.

Je n'avais pas répondu.

— Et… Tu as mal ?

— Par moments. Ça fera vraiment mal quand ça se déclenchera pour de bon. C'est comme un accouchement… Sauf qu'au bout t'as rien.

Marie avait soupiré. Je m'étais attendue à ce qu'elle me dise qu'on était des loseuses, que se retrouver ici dans cette situation, c'était vraiment loin de notre modèle de Thelma et Louise, qu'à côté de nous, nos idoles étaient des filles qui assuraient, même avant de péter les plombs, mais elle se contenta de caresser ma joue.

— Les gosses, Nissou, c'est pas la réponse à tout.

Je m'en voulus d'avoir abordé ce sujet.

— Il faut arrêter d'attendre des autres quelque chose qui viendra jamais…

— Quelle chose ? demandai-je.

— Le sens !

Je n'avais rien trouvé à répondre. Depuis toujours, j'avais attendu de donner un sens à ma vie en courant après les signes au lieu de plonger en moi-même. À mon tour, je m'étais adossée au mur et nous étions restées ainsi, en silence.

— Je suis désolée si je t'ai envoyée chier hier, murmura Marie.

Je fronçai les sourcils.

— Quand tu m'as parlé de Valentin…

— Pardon, je sais que t'aimes pas parler de cette histoire… C'était y'a mille ans de toute façon…

— Il a été opéré il y a pas longtemps, me coupa-t-elle.

— Ah bon ?

— Ça va. L'opération s'est bien passée.

— T'as toujours de ses nouvelles ?

— De temps en temps.

Elle fixait ses pieds, songeuse. Je reconnus le regard sombre d'avant notre accident de voiture, lorsque ses mains s'étaient immobilisées sur le volant au lieu de le tourner.

— Et… Comment tu te sens par rapport à tout ça ? hésitai-je.

Elle réfléchit.

— Bientôt, ça ira mieux.

Elle passa la main dans ses cheveux avant de reprendre :

— Mais ce soir, c'est la fête !

Elle me sourit, mais je ne voyais qu'une grimace. Je pensai à l'argent. Préparait-elle un coup ? Valentin était-il mêlé à cette histoire ? Je cherchai les bons mots, en vain.

Rémy sortit à ce moment-là. Il boitait encore. En nous apercevant, il pressa le pas vers sa voiture. Une fois à sa portière, quelques mètres plus loin, il cracha par terre.

— Ça, c'est du grand rebelle ! déclara Marie sur un ton faussement solennel.

J'éclatai de rire.

— Les bouddhistes, ils disent que c'est ton enfant qui te choisit, murmura-t-elle.

— Donc, si j'ai pas de môme, c'est que personne veut de moi ? ironisai-je.

— Non, c'est peut-être que t'es pas encore vraiment toi… Allez viens, on y va.

55.

Nous avions suivi des types au karaoké du casino. Lumières tamisées, public clairsemé, nous aurions la scène pour nous. Assises sur des sièges au tissu élimé, nous examinions la liste des chansons disponibles. Le fleuron de la variété française s'étalait sous nos yeux, de Dutronc à Brel en passant par Céline Dion... Je collai soudain mon doigt à l'endroit où les deux mots qui résumaient toute notre enfance m'étaient apparus : *Envole-moi* de Goldman.

— Oh non ! Pas celle-là, répondit Marie. On va pas ressasser tout ça.

Et elle partit s'inscrire sans me dire quelle chanson elle avait choisie. Sur scène, elle saisit le micro. Sa robe lamée étincelait sous les projecteurs. Elle ferma les yeux.

— Je voudrais dédier cette chanson à Brigitte, qui nous a quittés trop tôt.

Les premières notes résonnèrent. Je reconnus aussitôt « Il venait d'avoir dix-huit ans » de Dalida. Mon cœur balançait entre une envie de rire et la colère, celle que nous ressentions quand nous rentrions de l'école et que nous trouvions Brigitte presque nue, dans les bras d'ados de la cité, un verre à la main. Brigitte qui ne voulait pas vieillir. Brigitte amoureuse de l'amour. Brigitte au cœur blessé qui s'était noyée dans l'alcool.

Et pendant qu'il se rhabillait
Déjà vaincue, je retrouvais ma solitude
J'aurais voulu le retenir
Pourtant je l'ai laissé partir

C'était comme si Brigitte se tenait encore devant nous, dans son peignoir chinois. Brigitte, disparue quelques heures plus tôt dans un lavabo.

J'ai mis de l'ordre à mes cheveux
Un peu plus de noir sur mes yeux
Par habitude
J'avais oublié simplement
Que j'avais deux fois dix-huit ans.

Marie passa sa main dans ses mèches blondes, caressa son visage et lissa sa robe à la manière de Dalida avant de revenir s'asseoir sous les applaudissements.

— Elle te manque ?

— Ma mère ? Tous les jours… Pourtant elle l'a pas mérité !

Je bus une gorgée de mon cocktail.

— On peut pas vraiment dire que sa vie aura servi à grand-chose…

— Et toi ? Tu serais pas là, sinon ! observai-je.

— Oui c'est bien ce que je dis… Pas grand-chose !

Elle se leva pour donner une instruction à l'animateur avant que je puisse la contredire.

— Et maintenant, place à Nissou qui va nous interpréter *Évidemment* de France Gall ! annonça-t-il.

De surprise, je me figeai. Comment avait-elle pu choisir à ma place ? Et pourquoi cette chanson ?

— Vas-y, m'encouragea Marie.

Je cédai. Tremblante, je me raclai la gorge, évitant de regarder le public. Le morceau commença et il m'emporta.

Y a comme un goût amer en nous
Comme un goût de poussière dans tout
Et la colère qui nous suit partout

Ma voix déraillait. Ce goût de poussière, je me levais souvent avec, comme la colère. Cette chanson, c'était moi. Continuer d'en prononcer les paroles revenait à m'exposer nue au monde.

Évidemment, Évidemment
On danse encore
Sur les accords
Qu'on aimait tant

Je regardai Marie. Cette chanson, c'était nous aussi.

Évidemment, Évidemment
On rit encore
Pour des bêtises
Comme des enfants
Mais pas comme avant

Marie avait choisi pour moi et elle avait tout compris. Ces mots étaient ceux que j'avais besoin de prononcer.

L'horizon se teintait de rose et le soleil allait bientôt se lever. Nous nous étions dirigées vers la plage et assises sur le sable.

— Tu l'aimes encore, Édouard ? finis-je par lui demander.

— Bien sûr. Je l'aimerai toujours, mais pas comme tu crois.

— Tu es triste qu'il se marie ?

— Non.

— Tu vas vraiment aller à son mariage ?

— Non. Mais je pense qu'il le sait déjà.

L'aube avait tenu ses promesses. Du jaune, du rouge, de l'orange striaient le bleu du ciel. Nous étions seules. Le bruit des vagues se mêlait à celui des mouettes tournoyant au-dessus de nos têtes. La beauté du monde nous hypnotisait.

J'avais froid, la nausée un peu, mais je songeais à ces deux derniers jours. Ce week-end m'avait transformée. Ne plus être cette éternelle victime, sans renier celle que j'avais été. Cette gamine ingrate qui cherchait l'approbation de sa mère quand il m'aurait suffi de l'aimer. Mais je savais aussi que je n'étais pas seule. Au fond, Marie avait toujours été là. Grâce à elle, j'avais recollé les parties de moi-même, rétabli le lien entre les époques. Le soleil se détacha des flots. Un nouveau jour commençait. Un nouveau départ.

— On rentre dormir ? proposa Marie.

La fatigue se faisait sentir à mesure que l'excitation retombait. J'avais très envie de me blottir sous les draps de mon grand lit. Nous avions trouvé un taxi sur la place principale et piqué du nez en chemin.

56.

UN BRUIT STRIDENT. Comme des coups qui résonnaient par intermittence. Qu'est-ce que c'était, bon sang ? J'avais mal au crâne, aux jambes, au ventre. Tout ce que je voulais, c'était dormir. Je mis l'oreiller sur ma tête en espérant que ça l'atténuerait.

Soudain, je pris conscience que je connaissais ce son. Mon téléphone ! Mon téléphone sonnait. Solal ! La dispute. Il fallait que je lui parle. Je bondis hors du lit, mes jambes me soutenaient à peine. Je saisis mon portable : sept appels en absence. Tous du même contact : Mehdi. Je frissonnai. Pour qu'il insiste autant, ça devait être grave. Les mains tremblantes, je composai son numéro.

— Nis ? dit-il en décrochant.

— Qu'est-ce qui se passe ?

— Ça fait une heure que j'essaie de te joindre ! Qu'est-ce que tu foutais ?

— Je dormais… Je suis là, désolée.

— C'est Valentin, Nis. Il y a un problème. T'es avec Marie ?

Mehdi s'énervait. J'avais du mal à le suivre. Il me parlait d'une opération, d'un procès. Ça n'avait aucun sens.

— Mehdi, attends, je comprends rien à ce que tu racontes.

Il souffla avant de reprendre :

— Ma cousine, Aïcha, elle travaille comme infirmière à l'hôpital Lariboisière. Elle connaît l'aide-soignante de Valentin, tu te souviens de Valentin ? 1993 !

— Bien sûr !

— Son état s'est beaucoup aggravé.

— Quand, en 93 ?

— Mais non, maintenant ! Il y a quelques mois, à cause du fauteuil, on a dû l'opérer ! s'écria Mehdi.

— Oui, Marie m'a dit, mais ça va mieux..., rétorquai-je, tentant de le rassurer.

— Mieux ? Nis, il s'est fait amputer des jambes et des mains !

Sueur glacée dans mon dos. J'imaginais Valentin, son calvaire et à présent, son corps mutilé. Marie était-elle au courant ? Mehdi ne me laissa pas le temps de poser la question.

— Il va mourir ! Sa mère a décidé de porter plainte contre Marie ! asséna-t-il.

— Mourir ? Un procès ? Mais c'est quoi cette histoire ?

— Je te dis que Valentin est foutu et que Marie va très mal. T'es avec elle, là ?

— Oui ! Enfin, elle est dans sa chambre... Pourquoi tu dis ça ?

Mehdi se racla la gorge et me raconta que la vie de Valentin n'avait été que souffrance et exclusion. Marie lui rendait visite tous les mois et ils étaient devenus amis. Et puis, sans signe avant-coureur, son état s'était dégradé. Escarres. Infection.

Choctoxique. Il avait fallu l'opérer de nouveau, mais cette fois pour en faire un monstre. Valentin avait refusé. Il avait supplié Marie de l'aider à en finir, d'empêcher les blouses blanches de l'humilier, il ne le supporterait pas. Hors de question de devenir un homme-tronc ! Mais l'infection s'était encore aggravée et les médecins l'avaient conduit au bloc. Ils refusaient de le laisser mourir.

Dix jours interminables de coma avaient suivi. Quand Valentin s'était réveillé, Marie était à son chevet, catastrophée. Elle lui avait demandé pardon, mais cette fois, Valentin l'avait repoussée. Il lui avait ordonné de sortir de sa chambre et de le laisser en finir. Elle avait ruiné sa vie. Pour la première fois depuis plus de vingt ans, il mettait des mots sur ce terrible drame. Marie n'était plus une ado innocente qui s'était fait piéger. Elle était diabolique. La mère de Valentin s'en était mêlée. Pour elle aussi, il fallait une coupable. Enfin, elle pouvait se débarrasser de toute sa rancœur.

Plusieurs jours d'affilée, Marie était revenue prendre des nouvelles de Valentin, la même scène s'était reproduite, de plus en plus violente. La cousine de Mehdi avait été témoin de cette atroce semaine et, surtout, du malaise de Marie qui avait suivi. Elle s'était évanouie dans le couloir de l'hôpital, les griffures de la mère de Valentin sur le visage et les bras. Marie hurlait de désespoir, promettait d'en finir à son tour. Les médecins avaient conclu à une dépression grave et l'avaient envoyée en hôpital psychiatrique. Elle y était restée un mois. Brigitte était morte pendant son internement, mais les médecins le lui avaient caché. Marie n'aurait pas supporté un enterrement. Ils avaient consenti à la laisser partir sous traitement et à raison de deux consultations hebdomadaires, mais elle avait arrêté d'y aller depuis trois semaines.

Je m'étais figée. Les antidépresseurs dans la poubelle de la salle de bains chez Marie deux jours plus tôt. J'avais cru que c'était ceux de Brigitte ! Je m'étais trompée. Marie n'avait pas seulement arrêté sa thérapie, elle avait aussi interrompu son traitement. Je me mis à trembler. Sans suivi ni médication, Marie était-elle de nouveau suicidaire ?

— Mais c'est pas tout, Nis, poursuivit Mehdi.

Marie était aussi suspectée d'avoir volé de l'argent. Apparemment, elle avait dérobé des objets de valeur dans les appartements qu'elle faisait visiter pour le compte de l'agence immobilière où elle travaillait. Il y en avait pour une grosse somme. La police était venue la veille à la cité pour la chercher. Je revoyais la liasse dans son sac. Depuis le départ, je l'avais trouvée suspecte.

Marie avait tout payé. Nous ne devions rien nous refuser pour ce week-end unique…

— Mehdi, faut que je te laisse. Je te rappelle.

Je raccrochai et courus aussitôt dans la chambre de Marie. Je cognai de toutes mes forces sur la porte, personne ne répondit. Affolée par le bruit, une femme de chambre m'interpella.

— Je peux vous aider, madame ?

— Il faut que vous ouvriez cette porte.

— Je ne peux pas…

— C'est mon amie… C'est grave…

— Le directeur ne veut pas…

— Je me fiche du directeur, la coupai-je. C'est une question de vie ou de mort, ouvrez cette porte !

Elle obéit. Je m'attendais à découvrir Marie étendue sur le lit, une boîte de somnifères vide à côté d'elle, mais il n'y avait personne. J'étais à bout de souffle, perdue. Où était-elle ?

J'essayai de me concentrer, de trouver des justifications. Ça ne pouvait pas être ça. Elle ne pouvait pas... Mais j'avais beau retourner les éléments dans tous les sens, j'en arrivais toujours à la même conclusion. Marie avait voulu que je l'accompagne pour se donner le courage d'en finir. Brigitte n'avait été qu'un prétexte. Maudite par Valentin et sa mère, ignorée par Constant, remplacée par Édouard, indifférente à Jordan, j'étais devenue son unique pilier.

Elle avait compté pour quelqu'un, à présent elle pouvait partir. Tout me revenait. Cette histoire absurde de Maroc ! Comment avais-je pu y croire ? Il n'y avait jamais eu de départ prévu ! Elle avait inventé ça aussi. Édouard m'avait prévenue. « Ça ne colle pas », et je l'avais pris à la légère. Je n'avais vu là que la réflexion de l'ex-mari encore amoureux d'une folle qui le ferait tourner toute sa vie en bourrique. Imbécile que j'étais !

Soudain, j'eus la nausée. Je dus m'adosser au mur pour reprendre mon souffle et tenter d'oublier le goût acide qui avait envahi ma bouche. Marie avait insisté pour aller voir les falaises du Cotentin. Les falaises... Ses mots de la veille me revenaient comme la hache du bourreau s'abat sur le cou du condamné. Nous nous étions assises sur le petit banc et nous avions contemplé la vue un long moment en silence. « C'est parfait », s'était-elle exclamée.

Parfait pour quoi ? Elle avait refusé que s'y déroule la cérémonie pour Brigitte. Elle voulait garder « l'endroit parfait » pour elle. À présent le message était clair. Mes jambes vacillaient et je manquai de m'écrouler dans le couloir. Il était près de midi. Dehors, le soleil tapait sur la mer, scintillant sur les vagues comme des milliers d'étoiles. Je n'avais pas de chaussures, j'avais du mal à me tenir debout, mais je me mis à courir vers les falaises. Il fallait que j'arrive à temps. Marie ne pouvait pas faire ça. La vie lui appartenait. Elle n'avait pas le droit d'abandonner. De m'abandonner.

Les cailloux sur le chemin de terre écorchaient mes pieds. Je m'en fichais. Tout ce que je voulais, c'était arriver à temps à « l'endroit parfait ». Parfait pour mourir. Je voulais lui dire combien je l'aimais, lui promettre que je serais à ses côtés pour affronter la vie. Elle ne devait pas écouter Valentin. En 93, elle était une enfant, la punition avait été trop lourde, trop injuste. J'avais du mal à respirer. La montée était trop abrupte ou peut-être était-ce encore l'effet de l'alcool ? J'avais l'impression de faire du surplace.

— Marie ! Marie ! hurlai-je à tue-tête.

Personne ne répondit. Le chemin était désert, j'étais seule, face à la mer et à son spectacle majestueux comme une claque. Soudain, une douleur atroce m'immobilisa. Mon ventre. Une déchirure. La fausse couche. Je sentis un liquide couler sur mes jambes. En jetant un œil, j'aperçus la traînée de sang derrière moi. J'avais le vertige, la douleur irradiait dans tout mon corps. Je ne parvenais plus à avancer.

— Au secours ! criai-je. Marie !

Je pense que c'est à ce moment-là que je perdis connaissance.

57.

QUAND JE REVINS À MOI, la nuit était tombée. J'étais dans un lit d'hôpital. L'espace d'un instant, j'avais oublié ce qui s'était passé. L'appel de Mehdi, ma course désespérée sur le sentier des Douaniers, mes hurlements et la douleur insoutenable. J'avais tout perdu, je le savais. Le bébé, Marie et bientôt Solal.

— Vous êtes réveillée, me dit une infirmière. Vous nous avez fait peur.

— Où est-elle ?

L'infirmière baissa les yeux.

— La police est là. Ils veulent vous interroger dès que vous irez mieux, une histoire d'argent volé…

— Je me fous de l'argent ! Où est-elle ? insistai-je.

— La police a conclu à un accident. Elle est tombée de la falaise.

— Un accident ? bondis-je.

— Calmez-vous, le médecin a dit que vous deviez vous reposer…

Marie était morte. C'était inconcevable. Non, ce n'était pas possible. Ils se trompaient. Ce n'était pas son corps qu'ils avaient trouvé au pied de la falaise. Pas le joli corps de Marie, son visage si parfait, son sourire… Je transpirais. Depuis la mort de ma mère, je n'avais pas connu de telle désolation. Pourquoi me laissaient-ils tous ? Pourquoi devais-je rester là, sans plus personne à aimer ? Vertige. Je dus me rallonger. L'infirmière me borda. Il y eut un long silence.

Toute mon existence, j'avais flirté avec la dépression nerveuse, la mienne et celle de mes proches. J'en connaissais les symptômes, les mécanismes. Je savais identifier les phases maniaques où l'énergie et la confiance sont démultipliées, où l'on se sent invincible, et les chutes qui n'en sont que plus grandes, où le monde entier n'est qu'un gouffre sans fond, sans rien à quoi se raccrocher. J'avais connu les accès de fureur et le rouleau compresseur du chagrin, inconsolable parce qu'on ne sait pas d'où il vient. J'avais vécu les insomnies, les yeux qui brûlent parce qu'on n'a plus de larmes pour pleurer.

Plus d'espoir, plus de sens jusqu'à ce qu'une seule issue soit possible, en finir. Se libérer de cette souffrance, de ce poids infâme qui vous étouffe.

Je connaissais tout ça, je l'avais vu, vécu, et pourtant je n'avais pas su déceler les signes chez Marie. Elle avait toujours été sur le fil, Valentin avait été le premier et le dernier détonateur. Plus j'y repensais, plus tout m'apparaissait évident, jusqu'à l'hymne de notre enfance, la chanson de Jean-Jacques Goldman qu'elle avait refusé que j'entonne la veille.

Des lames acérées. Marie était consciente de ce qui nous attendait le lendemain. Je me repassais notre week-end en boucle. Sa colère contre le type à la voiture au supermarché de l'autoroute. Elle pensait à Valentin dans son fauteuil. Elle en avait voulu à cet inconnu autant qu'elle s'en voulait à elle-même, ça l'avait rendue folle. Je me souvenais de son manque d'intérêt pour la Ford échouée dans l'eau, on s'en occuperait plus tard, ça ne devait pas gâcher ces deux jours toutes les deux. Elle avait cette étrange envie de profiter de chaque seconde, car il n'y avait pas de lendemain. Tout était là, sous mes yeux, et je n'avais rien compris. Cette virée n'était qu'un tremplin. Elle avait eu besoin de moi pour décoller. Sans moi à ses côtés, elle n'arrivait pas à partir. Deux jours ensemble avaient suffi à ce qu'elle embrasse son funeste destin. Je l'avais envolée.

58.

TROIS COUPS À LA PORTE. Une femme en blouse blanche entra.

— Bonjour, je suis Mme Balmi, psychiatre.

J'avais levé les yeux au ciel. Je n'avais pas pu m'en empêcher. J'imaginais déjà les mots insipides qu'elle allait me déblatérer pour que l'hôpital n'ait pas à craindre une éventuelle attaque si la patiente devenait aussi folle que son amie morte le matin. Le Dr Balmi s'assit près de moi et me demanda ce que je pensais de tout ça. Je ne savais pas quoi répondre. Elle insista pour que je trouve au moins un mot qui résumait ce que je venais de vivre.

— Gâchis, répondis-je.

Et j'éclatai en sanglots. Tout remontait, notre enfance, Marie qui dansait dans sa petite chambre, ignorant Brigitte qui se saoulait à côté, Marie qui tombait à la patinoire, voyant son rêve s'évanouir à jamais, tout ça pour plaire à quelques idiots, ma jalousie quand Édouard l'avait choisie, la naissance de Constant, nos disputes, nos nuits à regarder les étoiles, ce week-end ensemble, la voiture abandonnée dans le ravin et son doux visage. C'était insupportable. Nous ne nous étions plus vues pendant des années et pourtant, à ce moment-là, je me demandais comment j'allais pouvoir vivre dans un monde dont elle ne faisait plus partie. Le Dr Balmi dit qu'elle me comprenait, mais que moi aussi, je devais comprendre mon amie.

J'eus une bouffée de haine contre la mère de Valentin. Cette femme ignoble qui avait propulsé Marie dans les limbes, noyée dans une culpabilité impossible à affronter. Le Dr Balmi se pencha vers moi.

— Je ne devrais peut-être pas vous dire ça, mais envoyez-lui de la lumière.

— Pardon ?

— Marie a fait ce choix, difficile pour vous, j'en conviens, mais soutenez-la dans sa décision. Aidez-la à trouver la paix.

— Je ne suis pas croyante.

— Moi non plus, murmura-t-elle avant de reprendre : Nous avons récupéré ses effets. La police a saisi une pochette avec de l'argent ainsi que ses papiers d'identité. Le reste, son sac, ses vêtements sont pour vous, dès que vous le souhaiterez.

Le sac de Marie. Ses vêtements. Tout cela prenait une tournure concrète à laquelle je n'étais pas préparée. Soudain, je pris conscience que je ne savais pas où elle se trouvait.

— Est-ce qu'elle est ici ? demandai-je avec difficulté.

— Comment ça ? me répondit le Dr Balmi, l'air inquiet.

— Son corps ? Ils l'ont récupéré ?

Le médecin acquiesça.

— Je veux la voir.

— Vous n'êtes pas en état.

— Je veux la voir ! répétai-je.

— Il faut vraiment vous reposer, c'est ça votre priorité.

— Laissez-moi la voir ! hurlai-je.

Le Dr Balmi essaya de me prendre les mains, mais je me débattis. Deux infirmiers entrèrent, elle leur fit signe et je m'endormis de nouveau sous l'effet de la piqûre.

59.

QUAND J'OUVRIS LES YEUX, l'horloge accrochée devant moi indiquait 9 heures 30. La nuit s'était écoulée. Je ne me souvenais pas de mes rêves, mais j'étais en nage. Mes jambes tiraient, mes bras pesaient lourd et ma mâchoire craquait chaque fois que j'ouvrais la bouche. J'appuyai sur le bouton qui envoyait un signal à l'infirmière pour qu'elle m'apporte un peu d'eau, mais quelques minutes plus tard, un jeune médecin entra. Cheveux plaqués en arrière, blouse impeccable, il me salua en remontant ses lunettes qui glissaient sur son nez.

— Je n'ai pas envie de parler, lançai-je.

— Vous avez fait une petite hémorragie, madame, répondit-il, surpris par mon assurance.

— Tout ce que je veux, c'est voir mon amie.

— Nous vous conduirons à la morgue après avoir fait vos examens et vous avoir administré les vitamines de début de grossesse.

J'en eus le souffle coupé.

— Pardon ?

— Pour le bon développement du fœtus. Pour l'instant votre taux de Bêta-HCG est satisfaisant, mais vu ce qu'il s'est passé hier, un coup de fatigue est possible...

— Attendez docteur, l'interrompis-je. Je ne comprends pas... J'ai fait une fausse couche hier, pourquoi me parlez-vous de grossesse ?

Le médecin remonta de nouveau ses lunettes.

— Je vous parle du deuxième fœtus ! s'étonna-t-il. J'ai contacté le CHU de Nice où vous êtes suivie et votre médecin m'a confirmé vous avoir laissé un message... Vous ne l'avez pas eu ?

Mon cœur se souleva. J'avais peur d'avoir mal compris, je n'osais pas croire ce que je venais d'entendre.

— Si, enfin... Je ne l'ai pas écouté.

Le docteur parut surpris. Il m'expliqua que seul l'un des deux embryons était parti.

— À présent, il faut vraiment vous reposer.

Il me tendit des mouchoirs et je pris conscience que je pleurais.

— Je vais vous laisser digérer tout ça, dit le médecin en sortant.

Je saisis mon téléphone et écoutai enfin ce message tant redouté depuis trois jours. Ma gynécologue était ravie. Elle me donnait rendez-vous en milieu de semaine. Après toutes ces tentatives, nous allions avoir un enfant. J'étais sous le choc.

Je devais appeler Solal. J'espérais qu'il n'était pas trop tard pour recoller les morceaux. J'avais fait n'importe quoi. J'étais partie sans rien lui dire, je m'en voulais. Je ne méritais pas vraiment ce qui m'arrivait. Trop de nouvelles d'un coup, je ne gérais plus mes émotions. J'étais à la fois remplie d'amour et dévastée, m'étouffant dans mes sanglots quand la porte s'ouvrit. Solal entra et se précipita vers moi.

— Je suis désolée, répétais-je en le serrant dans mes bras.

— Moi aussi.

Nous étions restés collés l'un à l'autre pendant un long moment. Nous n'avions pas besoin de mots. Solal était au courant pour le bébé, pour Marie, pour la fausse couche aussi.

— À partir d'aujourd'hui, je veux tout savoir de ta vie d'avant.

Je lui promis de lui raconter mon enfance en détail, de lui décrire mon amie, ce qui nous avait liées à la vie à la mort.

60.

— JE SUIS LÀ…, murmura Solal à mon oreille. J'embrassai sa main. J'avais l'impression d'être ailleurs. Tout me semblait irréel. On me mit un masque, une blouse, je me laissai faire. Un employé me conduisit vers une petite salle.

Je tremblais de tout mon corps. Mes dents claquaient. Je m'enfonçais dans un marécage, et plus je me débattais, plus il m'attirait vers les profondeurs.

J'étais obsédée par Marie. Était-elle entière ? Ses membres seraient-ils désarticulés ? Son visage avait-il été abîmé dans la chute ? Je craignais de ne pas la reconnaître. J'en voulais déjà à la terre entière de me l'avoir arrachée, il fallait qu'elle soit intacte, une princesse sans vie mais parfaite.

Comment affronter la matérialisation de la mort ? La constater, dégradante, insolente, ramener Marie à un corps inerte…

Je posai ma main sur la poignée glacée et entrai. Marie était étendue sur une table, recouverte d'un drap jusqu'au cou. Seul dépassait son visage. Une simple écorchure barrait son front, mais elle était toujours aussi belle. Mon cœur se brisa. Solal accourut pour me retenir de m'écrouler sur le sol.

— Pardon ! Pardon ! hurlai-je. Je suis désolée.

L'employé tira le drap et mon amie disparut. On me traîna jusqu'aux ascenseurs. Les voix de Solal et du Dr Balmi étaient en sourdine. Je voyais flou. Des cris déchirants parvenaient à mes oreilles et je mis un temps fou à comprendre que c'étaient les miens.

61.

Nous avions pris l'avion le lendemain au Havre pour Nice. Solal veillait sur moi comme personne ne l'avait jamais fait. Il ne cessait de me demander comment je me sentais, si j'avais besoin de quelque chose. Il ne parlait que de moi, comme si le fait de savoir que nous allions être parents nous permettait d'être de nouveau un couple.

Moi, j'oscillais entre plénitude et désespoir. Je cherchais les adresses des magasins pour femmes enceintes sur Internet avec bonheur et puis l'instant d'après, je revoyais le visage de Marie et les souvenirs m'envahissaient. Je sombrais pendant des heures, inconsolable. J'avais emporté son sac à main mais ne parvenais toujours pas à l'ouvrir.

Tout cela était si absurde. La vie et la mort ne s'étaient jamais tant côtoyées. J'aurais aimé que les choses soient différentes. Avoir compris ses intentions plus vite, trouvé les mots pour l'empêcher de partir… Mehdi avait essayé de m'appeler à plusieurs reprises sans laisser de message, mais je n'avais pas la force de le contacter. Édouard avait reporté son mariage. Tous cherchaient à me joindre, mais j'avais du mal à tenir une conversation. Chaque fois, je raccrochais au bout de quelques minutes, juste le temps de dire l'essentiel : qu'elle nous manquait.

Je m'étais souvenue du conseil de Marie quand nous étions adossées au mur du bar. J'avais fait l'effort de montrer à Solal le coin du débarras où je cachais les layettes. Nous avions décidé de les jeter pour repartir de zéro. Notre enfant ne devait pas porter le deuil de nos douleurs passées. Je lui avais aussi raconté pour les boîtes jetées à la mer. Il s'était excusé de ne pas avoir compris à quel point je souffrais.

62.

MA GYNÉCO m'avait mise en arrêt de travail. Je ne devais pas trop marcher, manger sainement… La liste des interdits était longue, mais ça ne me gênait pas. Le malaise était ailleurs. Si je n'avais pas su retenir Marie, aurais-je la capacité d'élever un enfant ? J'étais heureuse d'être enceinte mais doutais de mes aptitudes à devenir une bonne maman. Et si je passais à côté de mon enfant, comme la plupart des mères autour de moi ? S'il tombait malade ? Si je lui transmettais mes peurs ou ma tristesse ?

Plus j'y réfléchissais, plus j'angoissais. Solal ne cessait de me répéter que des parents parfaits étaient ce qui pouvait arriver de pire à un enfant, qu'il aurait besoin de nous en vouloir pour s'émanciper un jour, rien n'y faisait. Il partait acheter des meubles et je passais des heures à les monter comme un automate. Nous avions choisi une peinture jaune clair, aussi bien pour un garçon que pour une fille, des rouleaux et nous avions coloré les murs de la chambre d'enfant en silence, deux jours durant. Ça m'avait empêchée de penser à l'enterrement de Marie auquel je ne pouvais pas assister.

Une semaine plus tard, la gardienne de l'immeuble sonna à la porte. Elle avait un colis pour moi. Je ne voyais vraiment pas de qui il pouvait provenir et le laissai sur la table, le temps de me préparer un thé. J'allais retourner à mes travaux dans la chambre quand quelque chose m'interpella. Le cachet de la poste indiquait Cherbourg comme lieu de provenance. Je serrai la tasse et, flageolante, saisis une paire de ciseaux.

À l'intérieur, il y avait plusieurs feuilles manuscrites pliées en trois, un agenda scolaire et une pochette photo. Je reconnus aussitôt l'agenda de Marie, année 1992-1993, celui qui manquait dans la boîte à Paris, témoin de notre première séparation. Je savais ce qu'il contenait. Nos mots, la suite de notre « Conversation Jean-Jacques Goldman », nos échanges d'ados, où l'essentiel de ce que nous allions devenir figurait déjà. Aucun doute, ce colis m'avait été envoyé par Marie. Elle avait dû payer quelqu'un pour m'expédier ce courrier après sa mort, ou je ne sais par quel autre stratagème, elle s'était arrangée pour que je reçoive ça maintenant.

À ce moment-là, je la haïs. Comment pouvait-elle me torturer ainsi ? À peine essayais-je de m'habituer à son absence qu'elle réapparaissait déjà ! Mon cœur battait à se rompre. J'hésitai à appeler Solal pour qu'il rentre. Mais non. Je devais aller au bout, seule. Je m'assis, tremblante, sur le canapé, plaçai le colis sur la table basse juste en face de moi et procédai dans l'ordre qui me semblait le plus acceptable. L'agenda d'abord. En première page, je découvris un mot de moi :

À ma meilleure amie du monde, toi et moi pour toujours.

Ça commençait mal… Je feuilletai les pages sans vraiment m'y attarder. Il y avait des photos de nous, des dessins, des devoirs… Rien d'inattendu. Cet agenda était la réplique du mien, que j'avais lu chez Brigitte deux semaines plus tôt.

Si je devinais que les feuilles pliées étaient une lettre, je ne comprenais pas, en revanche, à quoi pouvait correspondre cette pochette photo. Quand je l'ouvris, le choc fut si intense que je fis tomber la pile. Les clichés de l'appareil jetable. La première photo de moi, boudant, dans la voiture à quelques mètres de l'entrée du périph, les routes de campagne, nous deux dans la boue, la voiture flottant dans le fossé, moi, dormant chez les Hébert, le car de retraités, le sanglier, l'arrivée sur le sentier des Douaniers, « l'endroit parfait »… Tout était là. Je ne pus retenir mes sanglots. J'avais oublié cet appareil, je me prenais l'effet boomerang. Marie avait pensé aux moindres détails. Mais pourquoi ? Était-ce de la perversion ? Je doutais de tout. J'avais si mal. Je m'empressai de rassembler les photos dans leur pochette pour ne plus les voir.

Mais il restait toujours la lettre. Je craignais qu'il s'agisse d'une liste de reproches, qu'elle me dise que si ce colis m'était parvenu, c'était que je l'avais laissée faire, que je n'avais pas été à la hauteur malgré ses appels au secours.

Je m'étais levée, avais fait les cent pas dans le salon, surveillant les feuilles de loin, comme si elles risquaient de disparaître elles aussi. « Toi et moi pour toujours », avais-je écrit, enfant. Je n'avais pas le choix. Pour la première fois depuis l'annonce du médecin, je passai la main sur mon ventre. Je ne m'en rendis compte qu'après. Un réflexe sûrement. Sur la lettre, je reconnus le logo de notre hôtel, Les Falaises, en haut à gauche. Marie avait utilisé le papier à en-tête de l'établissement. Nouveau coup au cœur. Qu'étais-je en train de faire pendant qu'elle écrivait ? Dormir ? Pleurer sur mon sort ? L'écriture était limpide. Je reconnaissais ses lettres fines, légèrement penchées vers la droite.

Nissou,

Ne me déteste pas. Tu n'es pour rien dans ma décision. Personne n'y est pour rien. On vient tous sur terre pour quelque chose, et moi, ma mission s'arrête là. J'ai essayé. Je n'ai jamais trop compris à quoi je servais.

Tu dois penser que j'ai cherché à te faire du mal avec ces deux jours, c'est le contraire. Enfin, c'est surtout qu'à moi, ça m'a fait du bien. Je sais maintenant que je ne me suis pas trompée sur nous, sur toi, que notre lien est ce que j'ai créé de plus fort. Tu pourras dire à Édouard que lui non plus, il n'aurait rien pu faire. Ce sera dur, mais il s'en sortira. Pour Constant, ça ne changera pas grand-chose.

Je t'ai menti au sujet de Valentin. S'il y a une déchirure qui ne s'est jamais refermée, c'est celle-là. Si j'avais su… Le déroulement de ce foutu 12 février 1993 repasse en boucle dans ma tête et chaque fois, je m'en veux un peu plus. Ça m'étouffe. Pourquoi est-ce arrivé ? J'ai fait du mal, Nissou. Bien sûr, les psys et les amis n'ont cessé de me répéter que je n'avais jamais souhaité tout ça, que c'était la faute à pas de chance… Qu'est-ce que ça change ? C'est ça le drame dans la vie. Être coupable, c'est pire que victime, parce que cette violence-là, elle reste.

Parfois, je me dis que cette histoire n'est qu'une excuse à laquelle je me raccroche. Sans elle, j'en serais au même stade aujourd'hui. Certains savent s'y prendre. Ils se faufilent entre les peines, dansent sous la pluie. Moi, j'ai toujours eu l'impression d'être en dehors du monde. En décalage. J'ai fait de mon mieux pour être heureuse, mais la mort rôde autour de moi. J'abîme tous ceux que j'approche et je n'en peux plus d'assister à cette dérive incessante.

Pardon Nissou, pardon à tous, mais je ne supporte plus cette absurdité.

Marie

J'ai dû relire la lettre une dizaine de fois, m'interrompant toutes les deux lignes pour pleurer. Je voulais aller me chercher un verre d'eau, mais je n'arrivais pas à me lever. Une épave. Les mots de Marie tournoyaient dans ma tête jusqu'à m'en donner le vertige. Et moi, n'avais-je pas abîmé ceux que j'avais approchés ? N'étais-je pas en partie responsable de cette histoire avec Valentin ? Si j'étais arrivée à l'heure à notre rendez-vous ? Si je n'avais pas changé d'école ? Si je n'avais pas fui, elle n'aurait pas non plus rencontré Édouard ni eu Constant. Si, si… Marie avait raison, la vie tenait à si peu de chose… Ça n'avait aucun sens.

Mais le suicide ? J'y avais pensé plusieurs fois, dans mes périodes les plus sombres. Celles où je ne dormais plus, ne mangeais plus, n'allumais même plus les lumières chez moi, derrière des volets clos. Pourtant, il restait toujours un brin d'espoir qui me soufflait de tenir.

Que s'était-il passé pour que Marie perde cette confiance ? La mort avait dû se faire une place dans son quotidien. Sur son chemin jalonné de déceptions, sa seule amie fidèle avait dû être cette possibilité d'en finir. À défaut de gagner sa « liberté d'artiste », elle avait choisi les limbes.

Son saut m'obsédait. Avait-elle eu mal en touchant le sol ? Avait-elle eu un regret juste après s'être élancée ? Avait-elle crié quelque chose dans les airs ? Jamais je n'aurais de réponses à toutes ces questions. Elle était morte sur le coup. Ce n'était pas un appel au secours, en s'envolant, elle savait qu'elle n'avait aucune chance de s'en sortir. Finalement, ce qui l'avait tuée était la plus parfaite métaphore de la vie : un magistral saut dans le vide.

Assise par terre, j'aperçus son sac sur le bureau. Je ne l'avais pas touché depuis que j'étais rentrée du Cotentin. J'eus un pressentiment. Il fallait que je l'ouvre, tout de suite.

Je m'en approchai à petits pas, comme d'un animal blessé. En caressai le cuir surpiqué, le faux sigle Chanel au bout de la fermeture Éclair. Je regardai le ciel, espérant un signe de Marie, et d'un geste brusque, vidai le contenu sur la table. Des pièces roulèrent sur le sol, des papiers voltigèrent. Des tickets de carte bleue sans importance. Des photos d'Édouard et de Constant qui me serrèrent le cœur. Des clefs, un paquet de Kleenex, une boule antistress, un agenda de 2007 sur lequel des numéros de téléphone étaient écrits, deux rouges à lèvres, un miroir de poche, un mouchoir taché de rouge. Marie avait dû se tamponner la bouche. Je le reniflai, espérant retrouver une odeur familière, mais le papier avait pris l'odeur du sac. Quelques stylos... J'étais déçue mais qu'espérais-je trouver ? Je passai ma main à l'intérieur pour en tâter le fond. Rien. Sur le côté pourtant, je sentis une poche, fermée par une pression. Elle était toute petite et, à l'évidence, ne pouvait pas contenir grand-chose. Dubitative, je l'ouvris.

Elle renfermait des cartes mémoire, comme celles des caméras et des appareils photo. Je me mis à trembler. Des photos de Marie ? Des appartements qu'elle faisait visiter pour son travail ? Un film ? Mille et une idées me traversaient l'esprit tandis que je branchais un lecteur à l'ordinateur. Je tremblais et mes mains glissaient entre les câbles.

Un dossier apparut sur mon écran. Je cliquai dessus. Chair de poule. Une trentaine de portraits et de paysages racontaient notre quartier. Le 19e. Des jeunes, des vieux, des clochards, des petits travailleurs, des religieux de tous bords, le parc des Buttes-Chaumont avec ses visiteurs dénudés en été, ses joggeurs fous en hiver, les drogués, les dragueurs, les draguées, les marchés, les cités, les beaux immeubles qui longeaient le parc. Tout y était. Marie avait su capter l'âme de ce coin de Paris. Sous son regard, il m'apparaissait immortel. C'était magnifique. Quand avait-elle fait ça ? Est-ce qu'il y en avait d'autres ? Avait-elle essayé d'en vendre ? Qui était au courant ?

Je pris mon téléphone pour appeler Jordan, son deuxième mari.

— Marie vous avait-elle parlé de ses photos sur le 19e ?

Au bout du fil, Jordan semblait perdu.

— Désolée Jordan, je sais que c'est brutal, mais j'ai besoin d'une réponse.

— Elle traînait un peu dans les rues, elle disait qu'elle voulait montrer son enfance, mais j'en sais pas plus.

— Est-ce qu'elle avait cherché à exposer son travail ?

— Aucune idée… Elle avait rencontré une nana, une fois, qui trouvait qu'elle avait quelque chose, mais ça a rien donné.

Nous échangeâmes quelques banalités et je raccrochai. Quelques secondes plus tard, je posai les mêmes questions à Édouard.

— De quoi tu me parles là, Anaïs ? Qu'est-ce qu'on s'en fout de photos sur le 19e ! Marie est morte !

— Je suis au courant, j'y étais…

— Tu cherches quoi ? À nous torturer tous ? J'ai pas dormi depuis deux semaines.

— Écoute Édouard, je sais tout ça. Je veux juste savoir si elle t'avait parlé d'un projet de photos sur le quartier de notre enfance.

— Mais elle avait toujours un projet de photos en cours ! Elle s'entêtait au lieu de se poser ! Vingt fois, je lui ai dit de trouver un job stable, d'arrêter avec ses lubies qui la rendaient malheureuse !

— Et tu as regardé son travail ?

— Non, pourquoi ?

— Pour rien.

J'étais triste. Personne n'avait jamais accordé à Marie l'estime qu'elle méritait. J'étais décidée à ce que ça change.

63.

Je me battis comme une lionne pour que ses photos soient reconnues. Tant que ma grossesse le permettait, je faisais chaque mois plusieurs allers-retours à Paris pour me rendre dans des galeries, chez des photographes en vogue que je contactais au culot sur les réseaux sociaux. À chaque fois, la même réponse : il y avait du potentiel, mais le travail était inabouti. Ils étaient prêts à recevoir l'artiste avec sa prochaine série. Je remerciais et m'en allais, chaque fois plus déçue.

Je ressentais le désarroi qu'avait dû éprouver Marie. Des refus brutaux, des rêves balayés en une minute. Ces gens se rendaient-ils compte que derrière ces images se cachaient des années d'espoir ? Probablement pas.

Au bout de six mois, mon ventre énorme finit par limiter mes déplacements. Je me contentai de rencontres dans la région, toutes plus vaines les unes que les autres. Nous étions début octobre. J'avais repris le travail à la plage en juillet, après quelques semaines de repos, et formais ma remplaçante pour mon congé maternité.

J'essayais de me convaincre que je devais me concentrer sur la naissance de mon enfant, cesser de penser à ces photos, mais je n'y arrivais pas. Abandonner Marie une nouvelle fois était au-dessus de mes forces.

Je décidai de faire imprimer la série en grand format et l'affichai à la plage. Les vacanciers d'automne s'arrêtaient parfois devant. La dureté qui s'en dégageait se mariait mal avec l'ambiance de la Riviera, mais peu m'importait. Marie était près de moi et de tous ceux qui m'entouraient.

Un jour pourtant, un homme vint frapper à mon bureau. C'était la veille de mon départ. Un employé lui avait conseillé de s'adresser à moi. Il trouvait les photos suspendues au mur formidables et souhaitait en rencontrer l'auteur. Je m'excusai, expliquant que c'était impossible. Face à son insistance, je racontai l'histoire de Marie. Il sembla bouleversé et se présenta enfin.

— Harold Salvini. Je travaille au ministère de la Culture. Je suis chargé d'un projet qu'on a appelé « mixité par l'image ».

Il me raconta que, selon lui, les habitants des grandes villes ne connaissaient que leur quartier et avaient beaucoup de préjugés sur les autres, qu'en termes de prix des logements, de fluidité et pour beaucoup de raisons, on avait intérêt à faire connaître l'agglomération dans son ensemble aux citadins. Plusieurs photographes de renom avaient été embauchés. À Paris, on exposerait le 16e à La Villette, les Grands Boulevards au parc Montsouris et ainsi de suite.

— Je serais ravi que ces photos représentent le 19e. Je les trouve très vraies.

J'avais du mal à le croire. Un vacancier, la veille de mon départ… Il y avait de la magie là-dedans et je ne pouvais m'empêcher de l'attribuer à Marie qui veillait sur moi.

64.

QUELQUES MOIS PLUS TARD, début mars, Solal m'accompagna à l'inauguration au jardin du Luxembourg. Les photos de Marie avaient été placardées en cinq mètres sur trois tout le long de la grille et à des points d'affluence au cœur du parc. Je serrai fort mon bébé dans mes bras pour m'approcher. J'avais du mal à le croire. Le regard de Marie avait dépassé les frontières de notre quartier, grâce à elle, le 19e était fièrement exposé dans le jardin des artistes, des littéraires et des bourgeois parisiens.

Il y avait beaucoup de monde, mais surtout, ceux que Marie avait touchés. Édouard et Constant, main dans la main, Jordan et sa nouvelle amie et Adama Dorso. Je ne savais pas comment il avait su, mais il était venu.

— J'allais pas manquer ça, Pussycat ! me dit-il en me faisant un clin d'œil.

Harold Salvini saisit mon bras et me présenta à plusieurs personnes dont je ne retins pas les noms. Il y avait des journalistes, des galeristes, des photographes.

Ils trouvaient le travail de Marie remarquable. Ils proposaient déjà de faire voyager l'exposition en France et à l'étranger. Pourquoi pas Londres, puis New York ? J'acquiesçais, un peu absente. Tout allait si vite. En tant que représentante de Marie, je donnais mon numéro, serrais les mains qu'on me tendait, acceptais les compliments sur ma fille, blottie contre moi dans son sac kangourou.

Un membre de l'équipe d'Harold Salvini m'apprit que les photos de Marie se partageaient à une allure folle sur Internet, comme si tout le 19e s'était mobilisé pour en faire la promotion. En quelques jours à peine, on approchait les trois cent mille vues. Je n'y connaissais pas grand-chose, mais à en croire l'expression de mon interlocuteur, ça devait être énorme.

Pourtant, je ne parvenais pas à être complètement heureuse. J'avais tenu la parole que j'avais secrètement donnée à Marie après sa mort en découvrant les cartes mémoire dans son sac, mais je ne me sentais pas libérée du poids qui pesait sur moi. J'avais espéré un signe, un arc-en-ciel peut-être, quelque chose qui me dirait que Marie me pardonnait de ne pas avoir compris. Hélas, le ciel demeurait gris.

Une photo me touchait plus que les autres. Elle montrait des lycéens qui fumaient aux Buttes-Chaumont. C'était plus de vingt ans après nous, pourtant ils étaient nos copies conformes. Même fausse assurance, même envie de défier le monde, et même détresse face à l'étendue de la montagne à gravir pour y parvenir. Les filles massées d'un côté, les garçons de l'autre. Les jolies blondes au premier rang et les boulottes recroquevillées derrière, des mèches de cheveux pour cacher leur visage boutonneux. Quelle que soit l'époque, l'adolescence charriait la même violence. Un âge ingrat qui traversait les générations en laissant des traces qu'une vie entière ne suffisait pas toujours à effacer. Pour Marie, ç'avait été le cas. Valentin avait fini par mourir et sa mère avait abandonné son combat. Une erreur de jugement, la vanité de vouloir être populaire pour ne plus être seule, et deux vies s'étaient éteintes. Je m'approchai de la photo et me tournai pour que mon bébé la regarde.

— Tu vois Thelma, moi, je serai toujours là pour toi. Tu pourras tout me dire.

Les larmes m'interrompirent. Comme si elle avait capté mon émotion, ma fille sourit.

65.

DEUX ANS TOUT JUSTE que Marie nous a quittés. Comme l'avait laissé présager l'inauguration au jardin du Luxembourg, l'exposition a un succès inattendu et Marie bénéficie d'une reconnaissance du milieu. Je ne me fais aucune illusion sur la longévité de cette carrière *post-mortem*, mais peu importe. Marie a ce qu'elle a toujours souhaité : une légitimité. Je me sens fébrile depuis le réveil. J'ai mal comme au premier jour. J'en veux au temps de passer.

Solal a proposé que l'on se change les idées et qu'on aille en famille à Cagnes-sur-Mer. J'ai aussitôt préparé les maillots, les serviettes de bain et nous sommes partis. Allongée sur mon transat, je le regarde gagner la mer avec Thelma. Il tient les mains de notre fille qui avance une jambe potelée après l'autre sur les galets. L'opération semble lui demander beaucoup d'efforts, mais la promesse de l'eau vaut bien cette peine. Comme à chaque fois, ce spectacle m'arrache un sourire comblé. Je me laisse bercer par le ressac des vagues.

Tu es partie ma belle amie.

Je me souviens de ton sourire triste ce matin-là. Pourquoi n'ai-je pas plus insisté pour savoir comment tu allais ? Comment notre amitié aurait-elle grandi encore si tu étais restée ?

Parfois, je rêve de nous. Nous sommes deux petites vieilles, nos cannes reposent à nos côtés, en équilibre sur un banc de bois. Nous sommes face à la mer. Nous n'avons pas besoin de parler. Nous savons.

J'espère que tu prends soin de nos mères. Dis à la mienne que je l'aime. Fais-moi signe, de temps en temps. Parfois, quand les étoiles brillent plus que les autres jours, je me dis que c'est toi. Suis-je folle ?

C'est étrange. J'ai l'impression que Marie m'a entendue cette fois. Je perds un peu la raison.

Je t'aime mon amie. Envole-toi haut, loin. Envole-toi vers la lumière. Envole-toi.

Soudain, au loin, vers l'Italie, se dessine un arc-en-ciel. Des larmes chaudes coulent le long de mes joues. Marie est en paix, je le sens. J'entends le rire de Thelma que Solal fait tournoyer dans les airs. Mes larmes redoublent. Un serveur s'approche.

— Vous avez besoin de quelque chose, madame ?

— Non, merci. J'ai tout ce qu'il faut.

Remerciements

AVEC CE ROMAN, je pense immédiatement au trio synonyme de ma jeunesse dans le 19e arrondissement de Paris, Morgane, Baba et Éléonore. Sachez que vous étiez avec moi pendant toute cette écriture. Et une pensée bien sûr pour Mo, parti beaucoup trop tôt.

Cette histoire me donne aussi l'occasion de rendre hommage à toutes les amies d'enfance et d'adolescence qui m'ont accompagnée, inspirée, aimée, celles que j'ai perdues de vue, retrouvées, celles grâce à qui j'ai appris sur la vie et sur moi-même. Par ordre d'apparition : Morgane Bernier, Karine Benhamo, Chloé Saada, Audrey Rozenberg, Galith Babo, Julie Chamla, Rachel Dahan, Margot Levy, et Leslie Ware.

Je ne serais sûrement pas la même sans l'extraordinaire famille qui m'entoure d'un amour inconditionnel sans pour autant perdre son regard critique, si utile avant une publication ! Michèle et Erick Barukh, Laurent Barukh, Aharon et Karen Sefsaf, Denise et Pascale Velmont, Victoria Geraut, merci. Vous êtes tous, tous les jours dans mon cœur.

Merci à Véronique Guattari qui m'aide si bien à retrouver mon chemin quand je me perds, à Sylvia Hayoun pour sa douceur résistante à tout, à Chloé Grabli pour ses paroles si lumineuses, à Amélie Quintana pour sa présence bienveillante, à Christine de Gennes Sanciaume pour sa joie communicative, à Nathalie Bertrand, Émilie Coissard, Johanna Dahan et Géraldine Ketz pour leur générosité.

Jean-Étienne Cohen-Séat, je ne cesse de vous le répéter, merci d'être à mes côtés. Vous savez comme votre amitié et votre regard me sont précieux.

L'année qui vient de s'écouler n'aurait sans doute pas été la même si Véronique Laurent, Ingrid Legras, Dominique Renaud, Michel Mouly, Giga, Mathilde, Cécile, Dorothée, Jennifer et Fabienne ne m'avaient pas si bien épaulée.

Merci aux Éditions Albin Michel, à Francis Esménard en particulier pour ses mots sur ce roman, qui m'ont tant touchée, à Maëlle Guillaud pour ses idées si justes et à toute l'équipe qui m'accompagne.

Je n'oublie pas Alexander Kelston à qui j'ai souvent pensé en rédigeant la fin de cette histoire. J'espère que tu as trouvé la paix.

Mes chers lecteurs, les fidèles, les nouveaux, les hésitants, les déçus, les conquis, je suis heureuse de vous retrouver... Comme j'aime vos messages, vos lettres, nos rencontres.

Enfin et surtout, merci à mes piliers, mes deux raisons d'essayer de donner chaque jour le meilleur de moi-même, Arthur et Lalah. Ce livre n'aurait pas existé sans la philosophie inspirée de l'un, ni sans l'énergie insufflée par l'autre, et réciproquement. Je vous dois tant, mes amours.

Dans la même collection

30 histoires insolites qui ont fait la médecine, Jean-Noël Fabiani
À la folie, Clémentine Célarié
Affaires de famille, Agnès Naudin
Aliénor, l'insoumise, Isaure de Saint Pierre
Avec vue sur la mer, Didier Decoin
Aya, Marie-Virginie Dru
Blanquette, Laure Buisson
Bon à rien, Natalie David-Weill
Cabale pyramidion, Samuel Delage
Ces nazis qui ont échappé à la corde, Jean-Paul Picaper
Code Salamandre, Samuel Delage
Dans la tête de Donald Trump, Anne Toulouse
Dans son cœur sommeille la vengeance, Sonia Mabrouk
Déjeuner en paix, Charlotte Gabris
Deux femmes dans la tourmente, Teresa Messineo
Donne-moi des fils ou je meurs, Maud Jan-Ailleret
Et vous, vous y croyez ?, Hubert Prolongeau
Gump & Cie, Winston Groom
Harry et Franz, Alexandre Najjar
Histoires extraordinaires de la Résistance française 1940-1945, Dominique Lormier
Histoires extraordinaires de la Seconde Guerre mondiale, Dominique Lormier
Impasse Verlaine, Dalie Farah
J'ai décidé de vivre, David Milliat, Christophe Henning
Je suis né à 17 ans…, Thierry Beccaro
Johnny, le guerrier, Gilles Lhote
Juliette de Saint-Tropez, Valentin Spitz
L'écriture du monde, François Taillandier
L'homme qui fuyait le Nobel, Patrick Tudoret
L'odeur de l'herbe après la pluie, Patrick Jacquemin

Dans la même collection

La croix et le croissant, François Taillandier
La Fille du delta, Frédérick d'Onaglia
La petite bibliothèque du bonheur, Felicity Hayes-McCoy
La petite fille du phare, Christophe Ferré
La sœur du Roi, Alexandra de Broca
La Vengeance du loup, Patrick Poivre d'Arvor
La vie sauvage des femmes, Bénédicte Brézillon
Lâcher prise, Benoît Aymonier
Le Faux Pas, Frédérick d'Onaglia
Le Pacte interdit, Henri Bellotto
Le Parrain et le Rabbin, Sam Bernett
Le Pays d'où l'on ne revient jamais, Julien Thèves
Le petit café du bonheur, Felicity Hayes-McCoy
Le petit jardin du bonheur, Felicity Hayes-McCoy
Le peuple des abattoirs, Olivia Mokiejewski
Le Soleil rouge du tsar, Violette Cabesos
Le Squale, Francine Kreiss
Le Tableau, Laurence Venturi
Les 100 000 collabos, Dominique Lormier
Les chats, comment ils prennent soin de notre santé !, Anne-Claire Gagnon
Les Déviantes, Capucine Delattre
Les Grandes Affaires de la Libération, Dominique Lormier
Les infirmières de Notre-Dame, * *Flavie*, Marylène Pion
Les infirmières de Notre-Dame, ** *Simone*, Marylène Pion
Les infirmières de Notre-Dame, *** *Évelina*, Marylène Pion
Les infirmières de Notre-Dame, **** *Les* Nursing Sisters, Marylène Pion
Les jeunes femmes de 50 ans, Mylène Desclaux
Les femmes du Général, Gérard Bardy
Les sandales blanches, Malika Bellaribi

Dans la même collection

Les Semeurs de bonheur, Cécile Pardi
Mademoiselle dite Coco, Madeleine Mansiet-Berthaud
Mai-juin 1940 : les causes de la défaite, Dominique Lormier
Merci maîtresse !, Anouk F.
Mes Jardins de Paris, Alain Baraton
Molière, chef de troupe, Francis Perrin
Mon cœur restera de glace, Éric Cherrière
Mon étrange sœur, Marie Le Gall
Mortelle tentation, Christophe Ferré
N'abandonnez jamais, ne renoncez à rien, Francis Huster
Nouvelles histoires extraordinaires de la Résistance, Dominique Lormier
On n'efface pas les souvenirs, Sophie Renouard
On s'aimera, Clémentine Célarié
Pourquoi je t'aime, Francis Huster
Poutine, Frédéric Pons
Quand Maman plantait des brosses à dents, Christelle Bardet
Quelle histoire !, Michèle Cotta
Requiem pour un chat, Olivier Bellamy
Rien n'est écrit, Sandrine Catalan-Massé
*Rumeurs d'un village, * La sentence de l'Allemand,* Marylène Pion
*Rumeurs d'un village, ** L'heure des choix,* Marylène Pion
Sortie(s) de secours, Caroline Langlade
Sous le manteau du silence, Claire Bergeron
Tyrannie, Richard Malka
Un écrivain, Laure Arcelin
Une aventure monumentale, Olivier Dutaillis
Vengeance à temps partiel (série *Sisterhood*), Fern Michaels
Zoo Station, David Downing

Imprimé en France par CPI
en août 2021
N° d'impression : 2057386
Dépôt légal : octobre 2021
ISBN : 978-2-3791-3104-2

www.monpoche.fr